共和国故事

敢于攀登

——陈景润与哥德巴赫猜想

李 琼 编写

吉林出版集团股份有限公司

图书在版编目（CIP）数据

敢于攀登：陈景润与哥德巴赫猜想/李琼编. —

长春：吉林出版集团股份有限公司，2009.12

（共和国故事）

ISBN 978-7-5463-1763-2

Ⅰ . ①敢… Ⅱ . ①李… Ⅲ . ①纪实文学 – 中国 – 当代 Ⅳ . ①I25

中国版本图书馆 CIP 数据核字（2009）第 237762 号

敢于攀登——陈景润与哥德巴赫猜想

GAN YU PANDENG   CHEN JINGRUN YU GEDEBAHE CAIXIANG

编写　李琼

责任编辑　祖航　李娇　关锡汉

出版发行　吉林出版集团股份有限公司

印刷　三河市嵩川印刷有限公司

版次　2010 年 1 月第 1 版　　2022 年 1 月第 12 次印刷

开本　710mm×1000mm　1/16　　印张　8　字数　69 千

书号　ISBN 978-7-5463-1763-2　　定价　29.80 元

社址　吉林省长春市福祉大路 5788 号

电话　0431 – 81629968

电子邮箱　tuzi8818@126.com

前　言

　　自 1949 年 10 月 1 日中华人民共和国成立至今,新中国已走过了 60 年的风雨历程。历史是一面镜子,我们可以从多视角、多侧面对其进行解读。然而有一点是可以肯定的,那就是,半个多世纪以来,在中国共产党的领导下,中国的政治、经济、军事、外交、文化、教育、科技、社会、民生等领域,都发生了深刻的变化,中国人民站起来了,中华民族已屹立于世界民族之林。

　　60 年是短暂的,但这 60 年带给中国的却是极不平凡的。60 年的神州大地经历了沧桑巨变。从开国大典到 60 年国庆盛典,从经济战线上的三大战役到经济总量居世界第三位,从对农业、手工业、资本主义工商业的三大改造到社会主义市场经济体制的基本确立,从宜将剩勇追穷寇到建立了强大的国防军,从废除一切不平等条约到独立自主的和平外交政策,从"双百"方针到体制改革后的文化事业欣欣向荣,从扫除文盲到实施科教兴国战略建设新型国家,从翻身解放到实现小康社会,凡此种种,中国人民在每个领域无不留下发展的足迹,写就不朽的诗篇。

　　60 年的时间在历史的长河中可谓沧海一粟。其间究竟发生了些什么,怎样发生的,过程怎样,结果如何,却非人人都清楚知道的。对此,亲身经历者或可鲜活如昨,但对后来者来说却可能只是一个概念，对某段历史的记忆影像或不存在，或是模糊的。基于此，为了让年轻人，特别是青少年永远铭记共和国这段不朽的历史，我们推出了这套《共和国故事》。

《共和国故事》虽为故事，但却与戏说无关，我们不过是想借助通俗、富于感染力的文字记录这段历史。在丛书的谋篇布局上，我们尽量选取各个时代具有代表性或深具普遍意义的若干事件加以叙述，使其能反映共和国发展的全景和脉络。为了使题目的设置不至于因大而空，我们着眼于每一重大历史事件的缘起、过程、结局、时间、地点、人物等，抓住点滴和些许小事，力求通透。

历史是复杂的，事态的发展因素也是多方面的。由于叙述者的视角、文化构成不同，对事件的认知或有不足，但这不会影响我们对整个历史事件的判断和思考，至于它能否清晰地表达出我们编辑这套书的本意，那只能交给读者去评判了。

这套丛书可谓是一部书写红色记忆的读物，它对于了解共和国的历史、中国共产党的英明领导和中国人民的伟大实践都是不可或缺的。同时，这套丛书又是一套普及性读物，既针对重点阅读人群，也适宜在全民中推广。相信它必将在我国开展的全民阅读活动中发挥大的作用，成为装备中小学图书馆、农家书屋、社区书屋、机关及企事业单位职工图书室、连队图书室等的重点选择对象。

编　者
2010 年 1 月

目 录

目 录

一、 不断攻克难关

● 陈景润后来回忆说："《堆垒素数论》我一共读了 20 多遍，重要的章节甚至阅读过 40 遍以上……"

● 在北上的列车车厢里，年轻的陈景润兴奋而又紧张，他有些担心地问李文清："老师，我能宣读好论文吗？"

● 孙克定后来回忆说："因为陈景润经常半夜在走廊里大声朗读他的论文，引起代表们的一致注目，一时被传为笑谈。"

在厦门大学刻苦钻研

1956 年，毛泽东向全国知识界、科技界提出了一个响亮的口号：

向科学进军！

接着，周恩来亲自主持制定了国家科学发展的远景规划。

厦门大学深受鼓舞，根据国家科学发展的远景规划，组织数学系制订自己的科研工作规划，提出在 12 年内赶上或达到国际先进水平。

此时，陈景润是厦门大学数学系的一名资料员。他一边工作，一边研究数学问题。

数学系的领导根据陈景润的科研方向，除了让他在资料室工作外，还特地安排他担任"复变函数论"的助教，希望他借此可以得到锻炼。

此时，陈景润才 23 岁。他住在名叫"勤业斋"的教工宿舍。

"勤业斋"是一排矮小的平房，共有 10 来个小房间，住在这里的都是身体比较差或患有慢性病的教工，每人一小间，每间 7 平方米。

"勤业斋"背山面海，周围的环境非常幽静。

陈景润的邻居们常常早起，爬上房后的大山，尽情地享受着自然的美景和清新的空气。到了夏季，他们就结伴去海滨游泳场，泡泡海水，晒晒太阳，显得十分悠闲自在，但陈景润却从来不参加这些活动。

当时的陈景润几乎没有作息时间表，不论上班、下班、白天、黑夜、走路、吃饭，他都在不停地构想和思索，尝试用各种可能的方法推演运算，在一张张稿纸上书写、涂改……

陈景润几乎停止了其他一切与数学无关的行动。

为了提高自己的理论水平，陈景润设法找来大量的数学著作，认真地学习着，思考着。

每天晚上，陈景润都会在灯下苦读。他担心夜晚开灯读书到很晚，会影响别人的休息，就做了一个巨大的黑色的大灯罩，然后在蒙上了大灯罩的电灯下刻苦攻读数学著作。

由于陈景润做灯罩的手艺不太高明，灯罩做得不端正，又有漏洞，这才泄露了秘密。

有一次，夜已深了，整个"勤业斋"静悄悄的，在一片朦胧的夜色中，却有一个窗口露出了一点微弱的光。

两个担任巡逻的学生经过这里，感到非常奇怪，他们小声地议论着：这是怎么回事？是老师在开夜车吗？他为什么不把电灯开亮？

两个学生走近窗口，向里窥视：一个很大的黑色灯罩，不但遮住了灯光，也遮住了灯下的人。

这种情景越发让人生疑。

两个学生终于忍不住敲开了房门。

门开了，刚从沉思中清醒过来的陈景润惊讶地望着两位不速之客。

原来，陈景润又在熬夜钻研他的数学问题。两个学生了解其中缘由之后，才放心地离开了。

后来，陈景润在谈到自己在厦门大学潜心读书的情景时，他说：

> 我读书不只满足于读懂，而是要把读懂的东西背得滚瓜烂熟，熟能生巧嘛！
>
> 我国著名的文学家鲁迅先生把他搞文学创作的经验总结成："静观默察，烂熟于心，凝思结想，然后一挥而就。"
>
> 当时，我走的就是这样一条路子，真是所见略同！
>
> 当时我能把数、理、化的许多概念、公式、定理，一一装在自己的脑海里，随时拈来应用。

陈景润在资料室工作期间，只要有空，他都会埋头于各种数学专著之中。他到底读过多少书，实在很难计算。

陈景润知道：要想攀登科学高峰，必须打下坚实而深厚的功底。

当时，不少数学著作又大又厚，携带起来十分不便，陈景润就把它们一页页拆开来，随时带在身上，走到哪里读到哪里。

就是用这些方法，陈景润把不少优秀的数学著作读得滚瓜烂熟。

据陈景润的同事后来回忆：

这些书，陈景润从头到尾钻研七八遍，重要的地方甚至阅读过 40 遍以上！

此外，陈景润还广泛阅读国内外数学刊物，努力吸收前人的成果。

数学系的老师时常看到陈景润拿着一页页散开的书在苦读，就以为他把资料室的书拆掉了。

后来，经过查实，大家才知道陈景润拆的书全是自己的。

对于公家的书，他是惜之如金，从不去拆的。

陈景润后来说：

白天拆书，晚上装书，我就像玩钟表那样，白天把它拆开，晚上再一个原件一个原件地装回去，装上了，你才懂了。

陈景润的好朋友林群说："陈景润的治学精神和研究风格都使我钦佩。"

陈景润的朋友罗声雄后来也说：

　　陈景润的刻苦，不是常人能做到的，或者说，不是常人能忍受的。

此时，陈景润的住处离大海近在咫尺，多少人流连于大海之滨，尽情领略着大海的宽广壮阔之美，陈景润却从来无暇到海边游玩。

痴迷于数论的研究

除了出去上班，陈景润总是在图书馆或自己的那间小屋里，学习数学知识，潜心钻研数论。

年轻的陈景润胸怀大志，毅然选择数论作为突破口，但一直苦于无从突破。

一天，李文清老师到资料室来查资料。

李文清是陈景润最信赖的老师之一，陈景润时常向他请教问题。

当陈景润向李文清询问该读什么书时，李文清说："要研究数论，你该读一读华罗庚的书，特别是《堆垒素数论》，如果你能改进华先生的任何定理，你就会在中国的数学界受到重视。"

陈景润对华罗庚的《堆垒素数论》十分感兴趣，时常读到痴迷的地步。

《堆垒素数论》这本书像一块砖那么厚，为了方便阅读，陈景润又按照自己的阅读习惯，把它一页页拆开了。对于书中的每一个公式、定理，陈景润都进行反复的计算、核实。

《堆垒素数论》是当代数论精粹会聚的结晶。它全面论述了三角和估计及其在华林—哥德巴赫问题上的应用。全书十二章，除西革尔关于算术数列素数定理未给证明外，所有定理的证明均包含在内。

据陈景润后来回忆：

> 《堆垒素数论》我一共读了20多遍，重要的章节甚至阅读过40遍以上。
>
> 华先生著作中的每一个定理我都记在脑子里了。

陈景润初出茅庐，就勇敢地向世界级的数学大师华罗庚发起挑战。他悉心攻读华罗庚的《堆垒素数论》，希望自己能够将华罗庚的成果向前推进一步。

厦门大学数学系的一位主讲"复变函数"的老师热情地鼓励陈景润："为什么不能推进前人的成果呢？不必顾虑重重了。现在的数学名著，它们的作者当然都是著名的，这些著作是他们的研究成果，但后来的年轻人如果不敢再进一步研究，写出论文来，数学又怎能向前发展呢？"

这位老师的话，让陈景润深受鼓舞，他向数论进军的决心更加坚定了。

住在勤业斋的人们，很少看到陈景润的身影，他们只看到陈景润的门一天到晚都关着，偶尔看到他出来买饭，但只见人影一闪，陈景润又走进了那间只有7平方米的小屋。

此时，陈景润的生活简化得只剩下两个字：数论。

他日夜兼程地驰骋于数论的天地之中，几乎到了废寝忘食的地步。

为了心爱的数学研究，陈景润对自己的要求达到了近乎苛刻的地步。他的睡眠时间很少。在他的头脑里，没有失眠二字，陈景润多次对别人说："失眠，就意味着不需要睡觉，那就爬起来工作吧。"

在夜间钻研数论的时候，如果实在太疲倦，陈景润就和衣一躺，一醒来，又继续工作。

有时，人们会好奇地来到陈景润的小屋中，想看看这个深居简出的怪人到底是怎样生活的。他们惊讶地发现，陈景润的小屋里遍地都是草稿纸。

数论的许多领域，是靠极为抽象的推理演算的。为此，陈景润不分昼夜地演算着。他到底演算了多少道题，连他自己也没法计算了。

陈景润最美好的青春年华，完全消融在看似单调、枯燥而又神妙无穷的一次次推理和演算之中。只有陈景润自己，才能领略其中的苦涩与欢乐。

当时，盘踞在金门岛的国民党残兵败将，不甘心自己在大陆的失败，时常无端地向厦门打炮，敌机也时常前来骚扰。

陈景润则对这些危险似乎全然不知。

当凄厉的警报声响起的时候，陈景润仍然在数学王国中神游，一直到全副武装的民兵焦急地推开他的窗户，大声地命令他立即撤离到屋后的防空洞时，他才惊醒过米，恋恋不舍地离开小屋。

临走时，陈景润还不忘捎上几页书。

防空洞中，人声嘈杂，陈景润却借着微弱的光亮，认真地阅读着令自己心醉神迷的数学书籍。

在拥挤而嘈杂的防空洞里，陈景润竟然能完全沉浸在奇妙的数学王国里了。

就这样，陈景润以水滴石穿的精神和超凡的韧劲，终于把华罗庚这本极难啃的《堆垒素数论》吃透了。

攻克他利问题难关

陈景润熟读华罗庚的《堆垒素数论》全书之后，他发现用第五章的方法可以改进第四章的某些结果。这便是当时数论中的中心问题之一"他利问题"。它跟哥德巴赫问题一样，吸引着许多数论学者的注意和探讨。

陈景润决心攻克"他利问题"。

陈景润的好朋友罗声雄后来回忆说：

在五六十年代，陈景润几乎是每天打一壶开水，买几个馒头和一点小菜，回到他的小屋，一干就是一天。在他的房间，一张床，一个小课桌，一把木椅，剩下的就是他写下的一堆一堆草稿纸。他像一个辛勤的淘金者，通过这些稿纸，寻求数学成果，他的全部生活就是研究数学。

陈景润当时的同事后来也回忆说：

当时，在数学的海洋里，他不仅沉溺其中，而且开始往深处下潜了。

他已经看不见、听不见岸上的一切，甚至

水面的一切。他已经没有作息时间表，不管上班、下班、白天、黑夜、走路、吃饭，他几乎不停地、反复地构想、思索，他尝试用各种可能的方法去推演、运算，在一张张稿纸上书写、涂改。

除了上班不得不去阅览室，买饭不得不去食堂外，他几乎哪儿也不去，人们难得看到他的身影，包括那些"勤业斋"的邻居们。

吃饭的时候，邻居们都喜欢围着翠绿的芭蕉和竹子下面的小石桌，坐在光洁的小石凳上，边吃边聊天。而他，却悄悄地拿了粗茶淡饭，闪进那7平方米的房间，马上把门关上了。

人们很难猜想他到底是在吃饭，还是在演算，或者同时进行这两项。只是在他进门的一刹那，有人偶然看见地板上杂乱地堆积着不少涂写过的纸片或纸团，桌上杂乱地堆放着书籍和稿纸。那上面，多少复杂的符号、数字、等式、不等式，记录着它们的主人在抽象思维王国所经历的欢乐和苦恼、成功和失败。

经历过多少个辛苦的日日夜夜，小房间里的地板上纸片和纸团越积越厚了，它们慢慢地凝聚、结晶，终于在上面形成了工工整整的稿纸，稿纸上是一篇关于"他利问题"的论文。

华罗庚对"他利问题"十分重视，他除了在《堆垒素数论》一书进行探讨之外，还曾在 1952 年 6 月份出版的《数学学报》上发表过《等幂和问题解数的研究》一文，专门讨论"他利问题"。这个问题后来被归结为对指数函数积分的估计。

华罗庚自己的文章中满怀期望地写道："但至善的指数尚未获得，而成为待进一步研讨的问题。"

如今，这个问题被初生牛犊不怕虎的陈景润攻克了。

但是，陈景润迟迟不敢把他的论文公之于世。他一直在犹豫：

> 这可是我国著名数学家华罗庚的著名论作啊！像他这样一个初出茅庐的年轻人，能推进华罗庚教授的研究成果吗？这样做是不是有些不自量力呢？

陈景润想来想去，他实在舍不得让自己的成果无人问津。几经犹豫，陈景润终于偷偷把他的论文拿给了李文清。

李文清看完之后，十分高兴，他热情地表扬了陈景润的研究工作。

后来，李文清把这篇"他利问题"的论文寄给了中科院数学所的关肇直先生，并由关肇直转交给华罗庚。

华罗庚认真审阅后，交给了数学所数论组的一批年轻人。

经过大家反复核审，证明陈景润的想法和结果是正确的。

华罗庚对陈景润取得的成绩感到惊喜，他十分感慨地对他的弟子说："你们待在我的身边，倒让一个跟我素不相识的青年改进了我的工作。"

陈景润攻破"他利问题"难关的消息震惊了整个数学界。

中国科学院数学研究所的行家们这样评价陈景润的这篇论文：

一个数学家一生中能有一个这样的发现，便算幸运了。

研究成果得到公认

1956 年的一天，陈景润收到一份来自北京的电报，电报最后的署名是华罗庚。华罗庚邀请陈景润去北京报告他的论文。

拿到这份电报，陈景润兴奋极了，他用最快的速度把这个好消息告诉了他的老师。

在北京的数学论文宣读大会上，陈景润第一次要当众宣读关于"他利问题"的论文。作为他的老师，李文清也和他一起参加数学论文宣读大会。

在北上的列车车厢里，年轻的陈景润兴奋而又紧张，他有些担心地问李文清："老师，我能宣读好论文吗？"

李文清面带微笑，亲切地鼓励陈景润："能，一定能。"

陈景润还是有些紧张，他说："我的普通话讲不好，他们会听不懂的。"

李文清像慈父一样安慰陈景润说："你是去北京宣读科技论文，又不是普通话比赛。你先把论文背熟，然后讲得慢一点，他们一定会听懂的。"

陈景润答应着，拿起论文，认真地背诵起来。

陈景润到北京报到以后，与老一辈数学家孙克定同住一室。

不断攻克难关

据孙克定后来回忆：

> 当时参加大会的同志可谓人才济济，但瘦小寡言的陈景润在宣读他的论文之前，就已经是大会的新闻人物了，因为他经常半夜在走廊里大声朗读他的论文，引起代表们的一致注目，一时被传为笑谈。

这年 8 月，正值桂花飘香时节，"全国数学论文报告会"在北京隆重举行。

出席大会的代表有 100 多人，其中约半数是青年，在 161 篇论文里，青年数学家的成果占了很大的比重。

华罗庚在题为"指数函数和与解析数论"的报告中指出在数学的这个分支中大家所注意的中心问题：他利问题、高斯圆内整点问题、华林问题等，介绍了他们现有的结果，以及它们可能发展的途径。

华罗庚还十分幽默地说："无论任何人，只要把现有的结果稍微往前推进一步，他就是世界纪录的保持者。"

陈景润在当天下午的论文宣读中，证实了华罗庚的话。

陈景润被分配在数论代数分组，该组的论文宣读大会在古香古色的北京大学中的一个教室中举行。

陈景润有些忐忑不安地走上讲台，当他看到台下众多著名的数学家时，他的心情更加紧张了。

尽管陪同陈景润的老师事先不断给他鼓气，要他沉着、镇定，一定要有条不紊地按照论文进行宣读，但是，站在讲台上，陈景润发现自己几乎说不出话来。

　　论文宣读开始的时候，陈景润的头脑一片空白，他结结巴巴地勉强说了几句，才猛然记起，应当在黑板上写个题目。

　　陈景润有些慌乱地转过身，用颤抖的手在黑板上写完题目，然后又说了两句话，他感觉自己再也无法开口了，只好又急匆匆地转身在黑板上演算起来。

　　陈景润感觉自己的手有点颤抖，好像不听使唤。

　　众目睽睽之下，陈景润像是一个胆怯的小学生，在黑板上画来画去，终于，他不知所措了……

　　台下的听众原本对陈景润充满希望，此时，他们却开始摇头，开始小声地议论起来。

　　讲台上的陈景润看到这种情景，更加慌乱了，他急得满头大汗，却不知道自己到底应该怎样做，他痴痴地站在那里，感觉难受极了。

　　此时，厦门大学的李文清老师眼看陈景润的论文宣读要失败，他自告奋勇地走上讲台，对参加会议的代表解释。

　　李文清十分诚恳地说："我的这个学生怯场，他一向不善言辞……"

　　人们的目光里依旧充满疑惑。

　　陈景润则像是一个做错了事的孩子，怯生生地站在一旁，正等待着惩罚。

李文清十分大方地对陈景润的论文作了补充介绍。

李文清讲完，人们还是感到不满足。

这时，华罗庚健步走上讲台。

华罗庚颇有风度地向大家笑了笑，接着，他详细地阐述了陈景润这篇论文的意义和不凡之处，充分评价了陈景润所取得的成果。

台下的听众这才露出钦佩的目光。他们开始热烈地鼓掌。

脸色苍白的陈景润这时才如释重负。

1956 年 8 月 24 日，《人民日报》在报道这次大会时，特别指出：

> 从大学毕业才三年的陈景润，在两年的业余时间里，阅读了华罗庚的大部分著作，他提出的一篇关于"他利问题"的论文，对华罗庚的研究成果有了一些推进……

陈景润的成果终于得到了公认。

华罗庚十分欣赏陈景润的才华与进取精神，他考虑到厦门大学条件虽然不错，但远离北京，消息相对闭塞，如果把陈景润调到他身边，陈景润必定会有更大的成就。

华罗庚对陈景润的木讷与不善言辞毫不在意。他深有感触地对弟子们说：

我们应当注意到科学研究在深入而又深入的时候，出现的怪僻、偏激、健忘、似痴若愚，不对具体的人进行具体的分析是不合乎辩证法的。

鸣之而通其意，正是我们热心于科学事业的职责，也正是伯乐之所以为伯乐的原因。

陈景润载誉回到厦门大学以后，受到学校党委的高度赞扬。

陈景润在荣誉面前并没有骄傲自满，而是一鼓作气，继续在数论上的三角和估计等方面开展研究工作。

从此，陈景润房屋里的电灯，在夜里熄灭得更晚了。

不久，陈景润又在《厦门大学学报》上发表了自己的第二篇论文，这篇论文的名称就是《关于三角和的一个不等式》。

与此同时，华罗庚也极力推荐陈景润到中科院数学研究所工作。

从第一次见到陈景润开始，华罗庚就十分欣赏他在科学王国里努力钻研的精神，就产生了要把他调到中科院数学所工作的想法。

华罗庚是一个很善于发现人才的科学家，他一点儿也不在意陈景润的怪僻。

1957 年，在华罗庚先生的建议下，中国科学院数学研究所致函厦大，要调陈景润到数学所工作。

厦门大学考虑到陈景润在数学系的工作无人接替，暂时不同意将他调走。

1957年3月，中科院数学所陆启建先生应邀去厦门大学参加校庆活动中的科学研讨会。

陆启建是中国著名的多复变函数论专家，1951年到中科院数学所工作。

1966年，也就是在陈景润宣布证明1+2的同年，陆启建在数学学报上发表了一篇论文，其中提到的一个猜想，被国际数学界称为"陆启建猜想"，这是新中国成立以来，第一个为各国数学家普遍承认的猜想。

由于幼年患小儿麻痹症，造成双腿残疾，陆启建行走十分不便，数学系就派陈景润接待照顾他。

陈景润早就听说过陆启建的大名，他十分高兴地接受了这个任务。

每天早上，陈景润都会按时叫一辆三轮车把陆启建送到开会地点，他就跟在后面走，开完会再把陆启建送回住处。

由于同是数学家，陈景润和陆启建相处得十分融洽，他们在一起总有说不完的话。陈景润虚心地向陆启建请教一些数学问题，陆启建总是耐心地解答。

陈景润后来说："我们就这样开始熟悉起来。"

天长日久，陆启建和陈景润产生了深厚的感情。陆启建十分欣赏勤奋好学的陈景润，陈景润也对学识渊博的陆启建深怀敬意。

活动即将结束，陆启建对陈景润赞许有加，认为他是一个极有前途的年轻人。

厦门大学的领导经过反复考虑，也认为陈景润到科研部门工作会得到更大的发展。

于是，厦门大学数学系主任方德植教授找到陆启建，婉转地表示，陈景润现在在系里做助教，给学生讲习题课，他的语言表达确实有困难，学生们也多次反映。原来我们不同意他调到中科院工作，现在看来，他也许到科研部门工作更合适一点。

陆启建认为方德植说得很有道理。他也希望陈景润能够拥有更大的发展空间。

回到北京，陆启建立即向数学所领导小组组长和办公室主任郑之辅同志转达了厦大数学系的意见。中国科学院数学研究所的大门终于向陈景润敞开了。

刻苦钻研数学知识

1957年9月，陈景润正式调到北京，进入全国最高研究机构，即中国科学院，担任实习研究员。

在北上的列车上，陈景润想到将要在一流的研究机构专心研究，与心爱的数学日夜为伴，感到十分高兴。

陈景润对自己去北京以后的研究工作充满信心。

陈景润十分感激华罗庚的知遇之恩，感谢华罗庚为他创造良好的科研条件，他一见到华罗庚，就十分诚恳地说："谢谢华老师，谢谢华老师。"

据数论学家王元后来回忆说：

> 当时的印象是陈景润有些书呆子气，见到华先生，他可能太紧张了，不知道该说什么好，就不停地点头说"华先生好，华先生好"，结果华先生就说，你跟王元谈谈。我们就这样认识了。

陈景润觉得自己只有努力工作，才不辜负华罗庚的殷切希望。

进京以后，陈景润仍然保持着自己独特的科研方式，他习惯于一个人独处，习惯于单枪匹马去叩响科学的殿堂。

王元后来回忆说：

> 陈景润到数学所后很努力，但最初研究的不是哥德巴赫猜想，哥德巴赫猜想是我的领域，他做的是球内整点问题、华林问题等，他在这些领域都做出了很好的工作，发表了论文。
>
> 应该说，到数学所后几年里，他是一个很好的解析数论学家。

王元说："中国的哥德巴赫猜想研究始于华罗庚。"

王元还说："华罗庚先生早在20世纪30年代就开始研究哥德巴赫猜想，并得到了很好的结果。1953年冬，数学研究所建立数论组时，华先生就决定以哥德巴赫猜想作为数论组讨论的中心课题，他的着眼点在哥德巴赫猜想和解析数论中几乎所有的重要方法都有联系，他的下一步棋是让数论组的年轻人学一些代数数论知识，将解析数论中的一些结果推广到代数领域中去。至于哥德巴赫猜想本身，华先生没有预料到会有人作出贡献……"

陈景润刚到北京，就开始打听数学所的图书馆在哪儿。

看到满书架的图书资料，陈景润欣喜异常。他惊喜地发现，除了中文书刊以外，这里还有大量的外文原版书籍和国外的最新刊物。

陈景润充满感情地摩挲着一本本崭新的图书，他暗暗感叹，这里才是真正的科学殿堂！

与此同时，陈景润意识到自己要想钻研这些外国书籍，必须熟练掌握外语。

为了能直接了解数学领域的最新成果和科研动态，陈景润还为自己制订了学习外语的计划：巩固英语、俄语，学习德语、法语。

陈景润学习外语采用的是自学式的强化记忆法。

陈景润的口袋里时刻装着几个小笔记本，一本写英文单词，一本写俄文单词，另外几本写德语、日语和法语单词。小本上写的全是专业常用词汇或容易记错的单词。

陈景润每天都刻苦地背诵着，不久，他就掌握了相当数量的基本词汇。

凭着这些词汇，陈景润开始磕磕绊绊地阅读他需要的外文书籍，遇到生词，他就记在小本上，空闲时再反复念叨几遍。

渐渐地，陈景润翻看字典的频率越来越低，在无数次阅读中，他也渐渐掌握了越来越多的语法知识。

陈景润刻苦学习外语在中科院所在地的中关村可谓家喻户晓。

一天，陈景润到中关村唯一的一家理发店理发，他买好票之后，就坐在长椅上等候，舍不得浪费这段时间，他就拿出小本本记单词。

陈景润刚开始是念念有声，后来，他逐渐忘记了自己正在理发店，开始大声朗读起来。

理发店里的人惊奇地看着陈景润，低声议论起来，连正在给顾客理发的老师傅都被逗笑了。

陈景润对此听而不闻。突然，他遇到一个不认识的法语单词，他这才停下来，四处看看。

陈景润看到等在他前面的还有好几个人，回去查字典还来得及。

陈景润收起小本就向外走。老师傅问："小伙子，不理发了？"

陈景润有些心不在焉地说："哦，我一会儿回来。"

等到陈景润查完单词，太阳已经西沉，理发店也早已关门了。

因为这样日复一日如痴如醉地钻研，陈景润经常闹出一些让常人不可理解的笑话。这类笑话传开，人们都开始认为陈景润是一个怪人，他们说："想不到华罗庚这样一位大数学家竟然从那么远的地方调来这么个怪人。"

熟练地阅读书写之后，陈景润开始练习听说。

正当陈景润准备对镜练习的时候，他在报纸上读到了一条新闻："中央人民广播电台每天凌晨三点开播英语对外广播。"

陈景润意识到这是一个绝好的自学机会。

从此，陈景润的作息时间明显改变：

凌晨 3 时收听外语广播，然后背诵外语单词；

早晨 7 时去食堂吃早饭，顺便买好中午吃的饭菜；

上午在所图书馆读书，中午的时候如果想起来了就啃两口早上买的干粮，如果看得入迷，午饭就被省略了；

图书馆闭馆的时候，陈景润才最后一个离开，去食堂买饭，然后他又回宿舍继续工作。至于什么时间吃晚饭，什么时间上床休息，就要看他工作的进度了。

为了收听外语广播，陈景润需要一台收音机。

当时，一台短波收音机的售价是 80 多元，这相当于陈景润两个月的工资。

陈景润急需这台收音机，但又舍不得拿出这笔钱。于是，他准备自己动手。

陈景润从未接触过收音机，更别说装配、修理。为保险起见，陈景润先在图书馆里借了一本《电子管原理》，仔细通读，当他认定自己完全理解了收音机的原理后，他开始物色合适的旧收音机，他的要求是价格便宜，损坏不太严重。

功夫不负有心人，陈景润终于在五道口旧货店里找到了理想的旧收音机。

这是一台国产的普通收音机，已经不能收听，售价只要 15 元。

细心的陈景润问售货员："可以打开看看吗?"

售货员回答说："可以，但买了以后不退货。"

陈景润打开了后盖一看，里面还很新，他高高兴兴地把它买回了宿舍。

回到宿舍，陈景润迫不及待地用手电筒灯泡绕上导线检查哪里出了毛病。

经过认真的修理，这台收音机终于能够正常使用了。

从此陈景润有了自己的第一件"家用电器"，他可以每天都跟着广播学英语了。

不久，陈景润的英语水平就得到了很大的提高。

初到北京的陈景润，虽然在数学界已是崭露头角，但在人才济济的中关村，他只是研究所的实习研究员，还属于小字辈。

当时，数学所正好分到几套新盖的住房。陈景润和其他三个单身的科研人员被安排在其中的一间房子里。

新盖的宿舍宽敞明亮，温暖舒适，生活非常方便。

搬进新居的第一天，累了一天的室友们纷纷进入了甜美的梦乡。陈景润却摊开书和稿纸，开始在凌乱的房间里进行演算。

有人发出微微的鼾声。陈景润的思路被打断了。他十分苦恼地叹了一口气。

夜深了，一个室友催促陈景润："小陈，快睡吧，明天再看!"

陈景润害怕影响室友们的休息,只好很不情愿地放下手中的笔。

陈景润住在中关村63号宿舍楼二单元一楼,他是住在集体宿舍,4人一间。另外3个人都是快乐的单身汉,陈景润却深感苦恼。

原来,陈景润不太喜欢和人交往,他希望把自己所有的时间都用在科学研究上。

此时,陈景润开始怀念厦大"勤业斋"那间7平方米的小屋。在"勤业斋",他只要关起门,就可以一个人去神游那迷人的数学王国。

陈景润并不在乎居住条件是否舒适,但是,他在夜间要搞科研,十分需要一个安静的环境。同时,他也实在害怕影响别人。让他像别人一样按时睡觉,按时起床,他做不到。他总感觉自己的时间不够用,他的时间表总是排得满满的。

夜深人静的时候,正是陈景润工作的高峰期。可是,尽管陈景润轻手轻脚,尽量不发出声音,他也必定会打扰别人。

此时,陈景润感觉自己必须单独住一间宿舍。他太需要一个属于自己的房间了。

可是,陈景润当时还只是一个实习研究员,他实在没有资格单独拥有一间住房。陈景润心中十分焦急。

陈景润在苦恼之余,忽然有了主意。他的目光,开始盯住了那间只有 3 平方米的厕所。

这天，陈景润找到数学所的领导，鼓起勇气说："我想搬到厕所去住。"

领导大吃一惊，他看了陈景润好一会儿，才说："怎么，住不习惯，和室友闹矛盾了？别赌气，我们可以给你调整宿舍！"

陈景润连忙说："不，不，我没有跟谁闹矛盾……"

领导更加疑惑了，他有些不解地问陈景润："住在房间里才能休息好啊，你为什么要搬到厕所里呢？"

陈景润有些不好意思地说："我，我晚上睡得晚，怕影响他们……"

领导这才知道陈景润晚上还要搞数学研究。他不禁被陈景润刻苦钻研的精神深深地感动了。可是，数学所现在确实没有条件让陈景润单独住一间宿舍。

领导考虑了好一会儿，才无可奈何地说："好吧，你跟同宿舍的人再商量一下……"

陈景润看到问题解决了，顿时高兴起来。

这天晚上，陈景润对同宿舍的同事们说："你们能不能帮帮忙，把厕所让出来……给我用……"

话还没有说完，陈景润的脸就红了。

陈景润知道自己的这个提议要给几个室友增添麻烦。

屋内只有一个厕所。如果这些室友同意陈景润的请求，他们要"方便"时，就只能到对门的单元房中去。

陈景润十分恳切地凝视着他新结识的伙伴，紧张地等待着他们的答复。

伙伴们相视一笑，几乎是异口同声地回答："好！好！君子成人之美。"

后来，有人在文章中写道：

> 在63号楼的宿舍里，我们见到了陈景润曾住过的"厕所"。
>
> 这是一个呈长方形的朝北的小房间，面积约3平方米，里边装有坐式抽水马桶，这里实在是太狭小了，连大点的浴盆都装不下……

但是，陈景润却毫不在乎，只要能有一个属于自己的天地，能随时随地与他心爱的数学为伍，他可以什么都不计较。

陈景润把他的单人床搬进了小屋。床铺的一头骑在马桶上，但余下的空地连简单的二屉桌也放不下了。

陈景润在看书、演算的时候就只好撩起被褥，把床板当桌面，几块砖头摆在床前就是凳子了。有时，他干脆在床上一趴，就开始工作。

天气渐渐冷了，厕所里没有装暖气。陈景润经常从睡梦中冻醒。有时候，他那只正在演算的手也经常僵硬得握不住笔。

同单元的室友担心陈景润的身体，纷纷劝说他搬回房间，他却坚定地摇摇头，又继续演算。

直到有一天，瓶里的钢笔水冻结，陈景润的研究工作被打断了，他才意识到应该采取一点取暖的措施了。

陈景润鼓起勇气，到领导那儿要求装一个 100 瓦的大灯泡，照明兼取暖。

灯泡装上以后，这间小屋的灯光时常彻夜不熄。

陈景润在这个条件简陋的厕所里一住就是两年。

工作之余，室友们嘻嘻哈哈，在一起尽情说笑，陈景润却独自一人躲进小屋，苦苦地思考着他感兴趣的数学难题。

夜深人静的时候，室友们都已进入了香甜的梦里，陈景润却还在昏暗的灯光下，聚精会神地攻读着高深的数学名著……

星期天，当室友们都出去游玩时，陈景润也是独自一人待在自己的小房间里，挥汗如雨地演算着……

就是在这间约 3 平方米的厕所里，在照明兼取暖的大灯泡下，陈景润先后写出了华林问题、三维除数问题、算术级数中的最小素数问题等多篇论文。

有一位数学家评价说："这其中的每一个问题的解决，都是可钦佩的。即使用现在的标准衡量，每一个成果都可以成为他晋升研究员的资历，而且绰绰有余……"

就是在这样艰苦的条件下，陈景润为自己制订了攻克华林问题的目标。

由于长期忘我的工作，陈景润原本就不强壮的身体变得更加虚弱了。

9 月，北京还处在秋风送爽的季节，陈景润却是头戴护耳的棉帽，一只朝上，一只却懒散地耷拉下来，破旧的大衣，松松垮垮，袖口手肘处都已变白，露出破绽。腋下也破了，有棉花露出来。由于怕冷，他时常把手笼在袖子里。

此时，陈景润的外貌、神态，更像是一个破落的流浪汉。但是，陈景润却胸怀大志，他不分昼夜地在苦苦钻研着，在数学王国里探索着……

攻克华林问题难关

陈景润知道华林问题同样是一个世界级的数论难题，它包含的很多问题，在当时数论史上还是一个空白。但是，他在困难面前毫不退缩，努力地在科学险峰上攀登着……

寒夜袭人，陈景润的习惯是凌晨3时就起床干活。

夜色如水，小屋隔断了同伴们沉睡的鼾声。陈景润伏在床上，全神贯注地演算着。有时候，他也会停下来，皱紧眉头，苦苦地思索着……

这天正好是星期天。早上八点多了，陈景润的肚子开始咕咕叫了，他这才想起自己应该吃早饭了。他掏出昨天买的两个窝头，吃下一个。

陈景润一边咀嚼着干涩的窝头，一边认真地检查着自己演算过的那些题目。

吃完窝头以后，陈景润感觉自己有了力气，又开始埋头苦干起来。

不知不觉，天已经黑下来了。屋里吃的喝的全没有了，陈景润这才无可奈何地放下手头的工作，走出自己的小屋……

天气越来越冷了，同伴们都穿上了体面的冬季服装。

为了御寒，陈景润也曾经尝试着自己做棉衣，他找出两件旧衣服，买了棉花，一件铺在床上，将棉花撕碎，均匀地铺上去，然后，再把另一件衣服覆盖上，准备缝衣，他以为这样就可以了。没想到，腋下、袖子等拐弯抹角处，他无法处理。因此，他自制的棉衣御寒效果很差。

与此同时，陈景润在攻克华林问题的道路上也遇到了很大的困难。但是，陈景润丝毫没有灰心，他以高度的热情，投入到攻关的战斗中。

陈景润的一位老朋友这样说过："陈景润的基本功下得很深，像老工人熟悉机器零件一样熟悉数学定理公式，老工人可以用零件装起机器，他可以用这些基本演算公式写出新的定理。"

陈景润不爱去公园，不爱逛马路，就爱学习数学知识。学习起来，他常常忘记了吃饭睡觉。

有一天，陈景润吃中饭的时候，摸摸脑袋，哎呀，头发太长了，应该快去理一理，要不，人家看见了，还当他是个姑娘呢。于是，他放下饭碗，就跑到理发店去了。

理发店里人很多，大家挨着次序理发。陈景润拿的是38号的小牌子。

陈景润想：轮到我还早着哩。时间是多么宝贵啊，我可不能白白浪费掉。他赶忙走出理发店，找了个安静的地方坐下来，然后从口袋里掏出个小本子，背起外文生词来。

背了一会儿，陈景润忽然想起上午读外文的时候，有个地方没看懂。

　　不懂的东西，一定要把它弄懂，这是陈景润的脾气。

　　陈景润看了看手表，才12时30分。他想：先到图书馆去查一查，再回来理发还来得及，站起来就走了。

　　谁知道，陈景润走了不多久，就轮到他理发了。

　　理发员大声地叫："38号！谁是38号？快来理发！"

　　此时，陈景润正在图书馆里埋头看书，他已经把排队理发的事情忘到了九霄云外。

　　陈景润在图书馆里，把不懂的东西弄懂了，这才高高兴兴地往理发店走去。

　　陈景润路过外文阅览室的时候，看到阅览室里有各式各样的新书。他顿时来了兴致，又跑进去看起书来了。

　　到太阳下山的时候，陈景润才想起理发的事儿来。他一摸口袋，那张38号的小牌子还好好地躺着哩！

　　当陈景润匆匆赶到理发店的时候，这个号码早已过时了。

　　为了能够在华林问题上有所突破，陈景润几乎日夜都泡在这个只有3平方米的特殊世界里。除此之外，就是上数学所的图书馆，陈景润十分欣赏这个被戏称为"二层半"的地方。

　　数学所的图书馆是一幢旧式的小楼，沿着古老的木梯爬上去，里面有一排排的书籍。

　　陈景润进了图书馆，真好比掉进了蜜糖罐，怎么也舍不得离开。

有一天，陈景润吃了早饭，带上两个馒头，一块咸菜，到图书馆来了。

图书馆里的光线不大好，但陈景润毫不在意。

陈景润在图书馆里，找到了一个最安静的地方，认认真真地看起书来。

到中午的时候，陈景润觉得肚子有点饿了，就从口袋里掏出一个馒头来，一边啃着，一边看书。

陈景润个子小，又不吭声，他看书、翻阅资料，沉湎其中，经常忘记了时间。

下班的铃声响了，管理员大声地喊："下班了，请大家离开图书馆！"

人们都走了，可是陈景润根本没听见，还是一个劲地在看书。

管理员以为大家都离开图书馆了，就把图书馆的大门锁上，回家去了。

天渐渐地黑下来。陈景润却不知已经到了夜晚，他朝窗外一看，心里说："今天的天气真怪！一会儿阳光灿烂，一会儿天又阴啦。"

陈景润拉了一下电灯的开关线，又坐下来看书。

看着看着，陈景润忽然激动地站了起来。原来，他看了一天书，开窍了。现在，他要赶回宿舍去，把昨天没做完的那道题目，继续做下去。

陈景润把书收拾好，就向外走去。

陈景润这时才发现图书馆里静悄悄的，没有一点儿声音。

陈景润自言自语：哎，管理员上哪儿去了呢？来看书的人怎么一个也没了呢？

陈景润看了一下手表，才晚上 20 时。他推推大门，发现大门锁着。

陈景润这时才意识到图书馆管理员已经下班了。他不禁有些着急了，朝着门外大声喊叫："请开门！请开门！"可是没有人回答。

如果在平时，陈景润就会走回座位，继续看书，一直看到第二天早上。可是，今天不行啊！他要赶回宿舍，做那道还没有做完的题目呢！

陈景润走到电话机旁边，给办公室打电话。可是没人来接，只有"嘟、嘟"的声音。他又拨了几次号码，还是没有人来接。怎么办呢？

这时候，陈景润忽然想起了数学所的党委书记，他马上给党委书记拨电话。

党委书记刚接到电话时，感到很奇怪。当他问清楚是怎么一回事的时候，笑着说："陈景润！陈景润！你辛苦了，你真是个好同志。"

这位书记马上派了几个同志，去找图书馆的管理员。

图书馆的大门打开了，陈景润向管理员说："对不起，对不起！谢谢，谢谢！"他一边说一边跑下楼梯，连忙回到了自己的宿舍。

陈景润匆匆打开灯，做起那道题目来……

还有一次，工作人员下班的时候吆喝几声，看到里面一片宁静，以为没人，就急匆匆地下楼，关门，锁上。

陈景润被关在里面了。但是他一点儿也不着急，干脆就在里面看书。

第二天清晨，阳光灿烂，图书馆的工作人员来上班时，惊讶地发现陈景润还在里面。

此时，陈景润的眼圈黑了，苍白的脸上泛着青色，显得十分憔悴。

管理人员有些不好意思地向陈景润道歉，陈景润只是淡淡一笑，仿佛从来没有发生这件事一样。

一次，陈景润的大哥陈景桐与他相见。

陈景润幼时丧母，大哥陈景桐与大姐陈瑞珍曾给予他无微不至的关怀，所以陈景桐在陈景润心目中占有重要的位置。

陈景桐每次到北京开会都要去看望弟弟。

有一次，陈景桐觉得去弟弟的住处中关村不方便，就约他到所住的宾馆来会面。

陈景润很长时间没有见到陈景桐了，接到陈景桐的电话以后，他放下手头的工作，匆匆赶到陈景桐所住的那家宾馆。

不料，陈景桐临时被朋友约去登长城，因交通受阻，他没能准时回来，结果让陈景润在宾馆等候了半个钟头。

在等待期间，陈景润拿出带在身边的数学杂志来看。

陈景润感到自己浪费了不少时间，不禁感到十分痛心，他向来是惜时如金的。

两个女服务员望着这位衣着朴素的客人，小声地议论着。

一个女服务员说："你看他皮鞋裂口，穿着不一样颜色袜子的人，还能读洋文……"

正在这时，陈景桐匆匆忙忙地赶回来了。他一见到陈景润，就赶紧向他道歉。

陈景润却不能够原谅陈景桐，他很生气地对陈景桐说："你浪费了我这么多的时间，你知道我的时间是以分秒计算的吗？"

陈景桐很了解弟弟的心情，急忙解释说："路上交通不便，我才来晚了。"

陈景润的脸色这才由阴转晴，他亲热地拉住了哥哥的手，仔细地端详起多日未见的兄长。

陈景润就是这样珍惜自己的一分一秒，凭借着顽强的毅力，以及对数学的高度热爱，在数学迷宫里艰难地跋涉着……

陈景润不分昼夜地辛苦工作着，而维持他生命的，时常只有开水和窝窝头。

就这样，陈景润以常人不可想象的毅力向着他的目标艰难地迈进。他屋里的稿纸越来越厚，他的身体却越来越单薄。

1959 年 3 月，陈景润在《科学纪录》上发表关于华林问题的论文，他的这篇论文填补了数论史上的一段空白。

1962 年，第十二期的《数学学报》上发表了一篇令数学界深感欣喜的优秀论文。这篇论文的题目是《给定区域内的整点问题》，作者就是陈景润。

1963 年，陈景润又在《数学学报》上发表了《圆内整点问题》的论文。这篇论文以大家之风，改进了华罗庚的结果。

此时陈景润已然成了数学所的名人，但是，他依旧沉默寡言，没有半点骄傲的神情，他仍然全神贯注地做他的数论研究。

二、 摘取数学明珠

● 陈景润后来回忆说："我永远记着这件事，记着那皇冠上的明珠和我的抱负与理想……"

● 著名作家徐迟曾经这样描绘陈景润："他白得像一只仙鹤，鹤羽上，污点沾不上去。而鹤顶鲜红；两眼也是鲜红的，这大约是他熬夜熬出来的。"

● 陈景润后来回忆说："有时为了证明一个引理，我往往同时采用几种甚至 10 多种的方法，通过不同的途径反复进行演算……"

向哥德巴赫猜想进军

1964 年，陈景润踏上了攻克哥德巴赫猜想的艰辛旅程。

其实，陈景润对哥德巴赫猜想神往已久。

陈景润早在福建英华高中上高一的时候，曾经听沈元教授讲过哥德巴赫猜想的故事。

沈元是留英博士，原任清华大学航空工程系主任。沈元因父亲去世，回福州奔丧。

当时，正值解放战争，长江以北，硝烟弥漫，杀声震天。南北交通暂时中断了，沈元滞留福州。

沈元是声名远播的知名学者，很快就引起学界的注意。协和大学盛情邀请他去讲学，他婉言谢绝了。英华中学是沈元的母校，得知沈元的信息以后，请他为母校的中学生上课，沈元欣然答应了。

正值青春年华的沈元走进英华中学，站在陈景润所在班级的讲坛上，立即引起中学生们的一片倾慕。不善言辞的陈景润仔细地打量着沈元，他被沈元那和蔼可亲的微笑深深地打动了。

在一次上课时，沈元谈起世界数论中著名难题，这个难题就是哥德巴赫猜想。

沈元说："在数论中，有两个基本的概念，小学三年级的学生就接触过了，一个是偶数，凡是能被 2 整除的正整数，就叫偶数，如 2、4、6……；其余的 1、3、5……就叫"奇数"。另一个是素数，除了 1 与它自身以外，不能被其他正整数整除的这种数，就叫"素数"。

最初的素数有 2、3、5、7、11……。另外的正整数，就是除 1 与它自身外，还能被别的正整数除尽，这种数叫做"复合数"，最初的复合数有 4、6、8、9、10……

接着，沈元意味深长地说："1742 年，德国著名的数学家哥德巴赫发现了一个奇妙的数学现象：每一个大偶数都可以写成两个素数的和。例如 10，可以写成 7 + 3。什么原因呢？却无法证明。他自己也无法证明它，于是，就写信给当时意大利赫赫有名的大数学家欧拉，请他帮忙证明。很快，欧拉就投入到证明工作中，但是，欧拉研究了许多年，一直到他去世，都没有成功。"

沈元环视一下教室里的学生，神色凝重地说："之后，哥德巴赫带着一生的遗憾也离开了人世，却留下了这道数学难题。200 多年来，这个哥德巴赫猜想之谜吸引了众多的数学家，从而使它成为世界数学界一大悬案。"

沈元稍作停顿，又接着说："这道难题，吸引了成千上万的数学家，200 多年过去了，仍然仅是一个猜想。"

最后，沈元用期待的目光看着自己的学生，说："自然科学的皇后是数学，数学的皇冠是数论，而哥德巴赫猜想则是皇冠上那颗华光四射的明珠……"

教室里的陈景润全神贯注地听着沈元的讲解，眼中露出梦幻般的神情，他真希望有一天，自己能够摘下数学皇冠上的这颗明珠。

第二天上课时，几个数学成绩在全班拔尖的同学兴致勃勃地向沈元交上自己做出来的"哥德巴赫猜想"。沈元有些无奈地把这些卷子捏在手中，笑着说："我不看，不看，你们真的认为，骑着自行车，就可以到月球上去么？"

陈景润没有去做这道题，他知道自己现在掌握的数学知识还十分有限，但是，他牢牢地记住了著名的哥德巴赫猜想。

据陈景润后来回忆：

记得读高中的时候，我的数学老师讲了一件事：我国古籍《孙子算经》中一条余数定理是中国首创，后来传到西方，欧美人士对之非常崇敬，称誉为孙子定理。我萌发了一个念头，我将来能不能像前人孙子那样，在数学上搞出点名堂来，为祖国争点光呢？

后来，老师又讲了哥德巴赫的故事。老师说，数学上的皇冠是数论，哥德巴赫猜想，则是这顶皇冠上的明珠。老师当时还笑着说："我有一天夜里，梦见我的一个学生，证明了哥德巴赫猜想。"同学们听罢都笑了。然而，我没有笑，也不敢笑，怕同学们猜破我心里的憧憬。

但我永远记着这件事，记着那皇冠上的明珠和我的抱负与理想。

陈景润还一直牢牢记着数学家拉扭曼让的故事：

拉扭曼让是印度数学家，在他生活的时代，西方学者十分狂妄，看不起东方的智慧。

当时，拉扭曼让在一个税务机关当小职员，连大学都没读完。但是，他无法忍受西方学者对东方人的轻视，决心在科学上做出一番成绩，挫挫西方人的傲气。

为了这样一个理想，拉扭曼让演算了无数的习题，又刻苦攻读世界各国的数学名著，终于成为闻名世界的大数学家，在数学王国作出了杰出的贡献。

后来，西方学者在提到拉扭曼让的时候，态度都十分恭敬。

陈景润决心向拉扭曼让学习，为东方人争光，为自己的祖国争光。

华罗庚也对哥德巴赫猜想心驰神往，他曾经感叹道："哥德巴赫猜想真是美极了！可惜现在还没有一个方法可以解决它。"

1956 年，中国数学家王元证明了 3 + 4。

同一年，苏联数学家阿·维诺格拉多夫证明了 3 + 3。

1957 年，王元又证明了 2 + 3。

这些成果都是十分宝贵的，但是，它们的缺点在于两个相加的数中还没有一个可以肯定为素数的。

1962 年，我国数学家潘承洞与苏联数学家巴尔巴恩各自独立证明了 1 + 5。

1963 年，潘承洞、巴尔巴恩、王元又都证明了 1 + 4。

1965 年，阿·维诺格拉多夫、布赫夕塔布和意大利数学家朋比尼证明了 1 + 3。

此时，距离哥德巴赫的顶峰只有两步之遥了。

陈景润在刚进数学所的时候，一位同学问他的志向，血气正盛的陈景润响亮地回答："打倒维诺格拉多夫!"

经过 10 年的准备和积累，陈景润开始向哥德巴赫猜想进军，这时距他在中学课堂上第一次听沈元老师提到哥德巴赫猜想已有 15 年了。

摘取明珠的艰辛旅程

15 年来，陈景润时刻关注猜想的最新研究动态，他日思夜想摘取这颗数学王冠上的明珠。

这时，陈景润下定决心，不管怎样困难，他都要向世界级的数学大师维诺格拉多夫挑战，他要算出 1 + 2。

维诺格拉多夫是用"筛法"攻克 1 + 3 的，根据他的分析，"筛法"已经发挥到极致，要想再向前一步，必须另辟新路。

陈景润经过认真思考，大胆地否定了维诺格拉多夫的另辟新路之说，他决定对"筛法"进行重大改进，向 1 + 2 发起最后的冲击。

至此开始，陈景润开始了对哥德巴赫的演算与推理工作。

在这段时间里，陈景润演算用的草稿纸，足足装了 3 麻袋。

著名作家徐迟曾经这样描绘陈景润："他白得像一只仙鹤，鹤羽上，污点沾不上去。而鹤顶鲜红；两眼也是鲜红的，这大约是他熬夜熬出来的。"

陈景润为此付出的心血，实在让人惊叹。

徐迟在《哥德巴赫猜想》中这样描绘陈景润的内心世界：

我知道我的病早已严重起来。我是病入膏肓了。细菌在吞噬我的肺腑内脏。我的心力已到了衰竭的地步。我的身体确实是支持不了啦！唯独我的脑细胞是异常的活跃，所以我的工作停不下来。我不能停止……

在钻研哥德巴赫猜想的岁月里，陈景润真正做到了物我两忘，因此，他在无意中做出让许多为常人不能理解的奇怪行为。

陈景润在食堂里就餐，很少买过炒菜，一般是酱油兑开水就馒头吃。如果错过了食堂开饭的时间，他就用白水煮面条。

平时，陈景润不吸烟、不喝酒，只喝一点茶，当他的身体实在支撑不了了，或者他所研究的问题将取得突破性进展的时候，他才会用人参须根泡一点水喝。

陈景润日夜思考他的问题，不管在半夜，还是在走路，一有所得，他就立即记录下来。

此时，许多人都在谈论关于陈景润的奇闻：

陈景润每月给家里寄 10 元钱，必定要扣出一角的邮费，只寄 9.9 元；

陈景润走着路读书，撞了电线杆还连声说对不起；

　　　　陈景润在商店买东西，售货员少找了他7分钱，他竟然花7角钱坐公共汽车去要回来……

　　虽然这些传闻有些言过其实，但陈景润的痴迷从中可见一斑。

　　但是，许多数学家却十分敬佩陈景润刻苦钻研的精神，在他们的眼里，陈景润的这些行为是再正常不过的了。

　　著名数学家杨乐曾对采访他的记者这样说：

　　　　你是不是也认为生活中的陈景润不正常？科学家都是正常的，当他们在攻关的最后阶段，都十分地沉浸在研究的对象上，气痴者技精，这就是正常。

　　陈景润在数学的高峰上继续攀登。认识陈景润的人都知道陈景润惜时如金。

　　在此期间，许多无知的嘲讽，善意的劝说，不时传进陈景润的耳朵。

　　与此同时，由于长期超负荷的研究，陈景润的身体也越来越虚弱。他面色苍白，两眼深陷，严重的喉头炎、结核病折磨着他，他咳嗽、腹胀、腹痛，体温常年低热，面颊上泛起了肺结核患者特有的红晕。

严重的疾病，使陈景润几度病危，医生几次断定他活不了几年，但他凭借着顽强的意志，竟然奇迹般地从死神的身边溜走，而且把手中的笔握得更紧了。

无数次的失败使陈景润渐渐冷静下来。他开始认识到向着山顶的路有无数条，他要想找到能最终通往山顶的一条，必须不停地试探、摸索。

从此，陈景润开始尝试用不同的方法向目标前进。

有时，陈景润演算半天，发现是一条死路，他悻悻地退了下来。

有时，路越攀越陡，陈景润眼见目标伸手可及，脚下却已是悬崖百丈。

陈景润后来回忆说：

有时为了证明一个引理，我往往同时采用几种甚至几十种的方法，通过不同的途径反复进行演算，在这个充满公式、数字和符号的世界里，我感到兴趣盎然，富有奇特的诗意。

陈景润的好朋友曾经亲眼目睹陈景润向哥德巴赫猜想冲刺，他后来说：

我不认为陈景润是个天才，而是个慢才，一个问题马上要他答出来，他会说不出。但几天后，他回答的问题比谁都深刻。他不是阳光普照，却似激光一束穿透钢板。

科学攻关，比智商更重要的是自信和毅力。一般人见到一条途径就往上爬，爬到一定的高度就途穷路尽了。但陈景润在攻关时，同时选择 10 条路，这就需要至少 10 倍于别人的投入，但这也就有了数倍于别人的成功机会……

陈景润的妻子由昆也说，陈景润取得的成就是用自己的生命换来的。

摘取数学明珠

发表证明 1+2 的论文

1966 年春天，正是春暖花开的时节，满脸倦容的陈景润庄重地向人们宣告，他得出迄今为止世界上关于哥德巴赫猜想的最好的成果，也就是说，他证明了 1 + 2，证明了这样一个结论：

> 任何一个充分大的偶数，都可以表示成为两个数之和，其中一个是素数，另一个为不超过两个素数的乘积。

消息传开，在数学所引起巨大的反响。

围绕着陈景润这篇攻克哥德巴赫猜想 1 + 2 论文的发表，中国科学院有关部门展开了一场激烈的争论。

最后，中国科学院数学研究所副所长关肇直力排众议，仗义执言，他主动表示要推荐陈景润的这篇论文发表，面对种种怀疑甚至无端的责难，关肇直拍案而起，慷慨激昂地说："我们不发表陈景润的这篇文章，都将是历史的罪人！"

当时，陈景润将哥德巴赫猜想的手稿给王元看，王元起初有些不相信。

王元后来回忆说：

当他的手稿到我手上时，我想了几分钟就懂了，可我不相信这个想法会做出来，后来想了想，这篇文章中只有他用的苏联数学家一条定理的证明我没有看懂，其他都没有错误，就觉得他是对的，但这篇文章的发表不是我签字的。

最后，关肇直和吴文俊支持他发表这个工作。后来，意大利一位数学家用简单方法证明了我认为有问题的那个定理，同时，苏联数学家也发表文章对其工作作了修正，这样一来，陈景润的文章就没有任何问题了。

不久，陈景润的《大偶数表为一个素数及一个不超过两个素数的乘积之和》这篇论文，在《科学通报》这份权威杂志上发表了。

论文发表后，在世界数学界引起强烈反响，但当时不少外国数学家抱着怀疑的态度，他们不大相信中国数学界有此等奇才。

与此同时，陈景润的这篇论文本身也确实存在有待改进的地方。

陈景润知道，他的证明过程还有许多不足：不够简洁，还有失之偏颇和不甚明了之处。他下决心要进一步完善它，简化它。

陈景润决定继续钻研，一定要让世界各国的数学家心服口服。

此时，他已搬到那间刀把形的 6 平方米的"锅炉房"中，房中其实没有锅炉，只是凸起的烟囱占了一个显眼的位置，进门的左侧，正好放一张单人床，一张断腿的凳子横着放倒，正好坐人。这样一来，床就可以当成书桌使用了。

陈景润就伏在这张床上，继续着他的探索，继续钻研。

简化 1 + 2 并非易事，除了刻苦的演算，还需要参阅大量的资料。

陈景润来到图书馆。只见图书馆前静悄悄的，几只麻雀在屋檐上跳来跳去，图书馆的门是紧闭着的，上面蒙着厚厚的尘土。

陈景润试探着敲了一下图书馆的大门。

门开了，老管理员望着陈景润，惊喜地笑着。

现在，图书馆几乎无人问津了。

管理员把陈景润迎进书库，找了一个隐蔽而舒适的座位，然后就到外面去望风了。

还好，大量的外文资料依然整整齐齐地摆放在书架上，这让陈景润感到惊喜。他像一个饥饿的孩子突然遇到了丰盛的晚餐，开始狼吞虎咽。

为了能早日攻破哥德巴赫猜想，陈景润比以前更加努力地工作。

不久，旧病又开始折磨陈景润了，他的结核性腹膜炎，一天比一天加重，他经常地拉肚子，发低烧，出虚汗。

但是，陈景润对此全不在意。

痴迷数学的陈景润把数论、哥德巴赫猜想看做是他生命中最忠实的旅伴。他把房门关得紧紧的，心醉神迷地投身其中。

陈景润的床板面全是草稿纸和手稿，密密麻麻写满了各种符号、定理、演算推理过程，这些是陈景润的心血，也是他向哥德巴赫猜想跋涉的真实记录。

此时，陈景润的房间里没有电灯，他就点起一盏旧式的煤油灯，然后在光线昏暗的煤油灯下，伏身在床上，不知疲倦地演算着。

为了不耽误工夫，陈景润特意准备两盏煤油灯。一盏亮着，一盏默默地守候在墙角，随时等候主人的调遣。

窗外，笑语喧哗，人们都在尽情享受夜晚的悠闲时光。只有陈景润的小屋中，灯光把陈景润的身影留在墙上。

有些好心人提出要给陈景润安装一盏电灯，陈景润淡淡一笑，说："不安装电灯也好，没有干扰。因为有人偷用电炉，楼里老是停电。"

就这样，陈景润把所有的精力都用在真正完善和最后攻克哥德巴赫猜想的科研项目上。

陈景润居住的那间 6 平方米的小屋终日紧紧地关闭

着，悄无声息。只有到了夜晚，窗口上才会有昏暗的灯光在摇曳。

人们也渐渐淡忘了陈景润，陈景润也似乎全然忘记了身外的世界。

偶尔，陈景润会从小屋中走出来，手里提一个已经过时的竹壳热水瓶，前去打水；或者，端着一个旧搪瓷碗，去饭堂打饭。

此时，陈景润把全部精力都投入到艰苦的数学研究中。

陈景润没日没夜地工作。与他的数论研究齐头并进的是他日益严重的腹膜结核症。

强烈的腹部疼痛常常迫使陈景润停下手中的工作，铅笔从他颤抖的手中滑落，汗水浸透了衣衫，他的手用力挤压着腹部，痛苦地蹲了下来。

但是，疼痛一过，陈景润立刻又拿起了笔。

有一次，一个同事发现陈景润脸色苍白，浑身浮肿，腋窝处的棉袄已经被反复冒出的汗水浸黄了。善良的同事忍不住劝他："景润，你停一停，休息一下吧。"

陈景润沉默不语。

同事又把自己的话重复一遍，陈景润擦了擦额头的汗水，勉强一笑，说："谢谢你，我停不下。"

陈景润忘我的工作引来了无数人的关注。有些人私下里这样议论陈景润："听说了吗，有人在钻研世界级数学难题呢？都什么年代了，他图什么呀？"

好心人偷偷提醒陈景润："景润，别再费那么多心思了，就算你攻克了它，只不过是换来更大的一顶'白专'帽子，有时间还是养养身体吧！"

陈景润淡淡一笑，丝毫没有改变自己攻克数学难关的雄心壮志。

过了一段时间，陈景润的身体渐渐好转。他投入到数学研究中的时间更长了。

为了实现攻克哥德巴赫猜想的伟大目标，陈景润甚至不愿意考虑自己的终身大事。

陈景润的弟弟陈景光是个颇有造诣的医生，他十分关心哥哥的婚事，他多次给陈景润介绍他所在医院的女医生，但陈景润总是红着脸拒绝了。

为了攻克哥德巴赫猜想，陈景润早已横下一条心，紧紧地关闭起自己的爱情之门。

陈景润的好朋友林群十分佩服他的奋力拼搏精神，他说："陈景润令我钦佩，因为他与常人不同，他有超常的毅力、耐性和不惜代价的投入。"

林群永远记得这样一件往事：

有一次，陈景润问我："一个 10 阶行列式，怎么知道它一定不等于零呢？在一篇别人的论文里是这么说的，这个作者用什么办法来算它呢？"

我一时也回答不出来这个问题。

我知道这个题目如果要硬算，必须乘 360 万项，至少要 10 年。

可是，仅仅过了一个月，陈景润就告诉我："已经算出来了，结果恰恰是零。我不相信那篇文章的作者会有时间去算它，一定是瞎蒙的。"

更使我吃惊的是，没过不久，他又提出另一个问题：

"一个三元五次多项式，怎样找出所有的解答？"

我只能说："即使是一元问题，也无从着手，这像是海底捞针。"

可是，大约又过了一个月，他又来找我说：

"全部解答都找到了，不信你可以一个一个代到方程去。"

我问他是怎么找出来的，他说：

"找到一个就少一个，一个个找，就是要肯花时间。"

林群后来说："陈景润这种硬打硬拼的精神，使我佩服的五体投地。"

林群还深有感触地说："陈景润的毅力和耐性，以及敢于去碰大计算量的勇气，是一般人所不能及的。"

数学界的人都知道哥德巴赫猜想具有极强的逻辑性和极为缜密的推算过程，无法用电子计算机进行研究，何况陈景润当时根本没有电子计算机，他就是靠着一双手，一支笔，顽强地向着哥德巴赫的顶峰前进。

陈景润曾经说："要做这种问题，就得拼命。"

陈景润果真在拼命。在灯光下，他演算过的草稿纸如雪片一样，几乎覆盖了他那间小小的屋子。

陈景润加紧了对 $1+2$ 的简化工作。

此时，陈景润是一个名副其实的孤独的攀登者，他摸索着前进，并且开始寻找通向山峰的最便捷的途径。

后来，陈景润曾经这样比喻他这一阶段的工作：

> 譬如从北京城里到颐和园那样，可以有许多条路，要选择一条最准确无错误，又最短最好的道路。我那个长篇论文是没有错误，但走了远路，绕了一点弯。

林群这样评价陈景润的研究工作："这种不惜代价地做数学，简直就是毅力之战。"

1972 年，陈景润改进了古老的"筛法"，终于科学、完整地证明了哥德巴赫猜想中的 $1+2$。

与陈景润同时进军哥德巴赫猜想的潘承洞，对陈景润的工作是这样评价的：

> 我至今仍然无法想象景润是以怎样的信念、理想、勇气、毅力以及机智巧妙的方式，不顾

后果地把全身心倾注在自己的"初生婴儿"上，
以汗水、泪水、血水浇灌培育它成长……

在陈景润刻苦攻克哥德巴赫猜想期间，陈景润所在的数学所五学科研究室党支部书记李尚杰，给了陈景润无微不至的关心和爱护。

李尚杰刚来数学所报到的时候，在数学所的办公室里，所领导王振江带领李尚杰与大家见面。

听说室里来了新的支部书记，大家纷纷围了上来，王振江忙着一一介绍。

据李尚杰后来回忆：

当时人多，名字生，我第一次没记住几个人，倒是没见面的几个人，老王着重介绍了一下。

我记住了几个名字，其中就有陈景润。他因为发烧，已经好几天没来上班了。

当时担任数学所政工组长的周素，对李尚杰说："陈景润因工作劳累，年近40岁尚未成家，身体也相当差……"

周素还对李尚杰说："你来了很好，抽空多关照一下他。"

关于陈景润，早在60年代，李尚杰就有所耳闻，当时他在中科院办公厅工作，在《科学简讯》里读到过《科学怪人陈景润》的文章。

李尚杰开始着手了解他的工作环境了，他调阅了室里所谓"有问题"的同志的材料，然后找到数学所副所长兼五学科室主任田方增交换意见。

田方增是数学所的元老之一，是一个十分正直忠厚的学者。在谈到陈景润的时候，他是这样对李尚杰说的："陈景润脾气很怪，但业务能力很强。听北大数学系的闵嗣鹤教授讲，他在哥德巴赫猜想方面的研究已经推进到 1+2。据说他已经简化了 1+2 的证明，但是迟迟不拿出来。也许心里有顾虑，你有空该找他聊聊，听听他的想法。"

李尚杰对数学是个门外汉。他也许不知道哥德巴赫猜想为何物，也不懂得解决这个猜想会有何种巨大的意义。但是，他认定，自己支部范围内的成员思想上有了顾虑，自己作为支部书记，就应该尽最大的努力去帮助他，说服他。

李尚杰开始关注有关陈景润的情况，他向每一个可能了解陈景润的人打听，科学怪人究竟怪在哪里，结果，许多人都畅所欲言。

有人说："陈景润是个书呆子，除了读书，什么也不知道，生活自理都有困难。"

有人说："陈景润是个数学迷，只要钻进去，命都不顾的。"

也有人说："陈景润曾是白专典型，被批判是修正主义苗子，搞古人、死人、洋人的东西，没有实际意义，纯粹是寄生虫。"

也有人说："陈景润啊，他是个老病号，千万别去他的房间，他有肺结核，会传染的。"

还有人说："陈景润属于比较顽固的白专，改造他不容易，必须触及他的灵魂。"

越听李尚杰的心里越发好奇，陈景润究竟是个什么样的人呢？

李尚杰几次要见陈景润，都没有找到他。

一天下午，资料室里关大姐来到李尚杰办公室。

李尚杰站起身来，热情地招呼关大姐："快请坐，快请坐！"

关大姐开门见山："李书记，你不是找陈景润吗？他身体好点了，已经来过几次资料室了。"

李尚杰十分关心地问："哦，他现在怎么样？"

关大姐叹了一口气，说："还那样，他还对我说要来看你。他这人事事紧张，等有机会，我带他来。"

几天之后，关大姐如约带陈景润来到李尚杰的办公室。

当关大姐把她身后的陈景润介绍给李尚杰的时候，李尚杰热情地伸出了手，陈景润冰凉的手一下被那只温暖有力的手紧紧握住了。

李尚杰打量着陈景润，棉大衣里裹着的是一个瘦弱的身躯，典型南方人的白皙皮肤，脸上泛着肺结核患者特有的红晕，由于睡眠不足眼睛红肿着。他的样子很像是一个弱不禁风的书生。

李尚杰招呼他们坐下，陈景润则一个劲地说："谢谢李书记，谢谢李书记！"

关大姐说了声："我忙去了，你们谈吧。"转身走开了。屋里只剩下李尚杰和陈景润两个人了。

李尚杰再次招呼他坐下，陈景润说什么也不坐，却坚持要李尚杰坐下，最后，两个人的第一次谈话是站在那里进行的。

"听说你前几天发烧了，好了吗？"李尚杰关切地问。

陈景润连忙回答："好了，我经常发烧，没关系的。"

李尚杰有些不放心地说："那怎么行呢？你得去看病。"

陈景润认真地说："我已经看过了，没事的，医生给开了药。"

李尚杰说："那你可要按时吃药，早点治好病，总发烧不是好事情。"

李尚杰想起同事们所讲的陈景润居住的 6 平方米的小屋，他决定去看一看陈景润的住处。

李尚杰十分亲切地对陈景润说："小陈，今天下班后，我去宿舍看你好吗？"

陈景润连忙回答："好，好，好，我在 88 号楼门前等你。"

李尚杰笑着说:"不用接的,我知道你的房间号。"

陈景润固执地说:"要等的,不然你会找不到我,找不到就不好了。"

李尚杰笑着摇了摇头,说:"好吧。"

下班了,李尚杰按时来到88号楼前,果然看到陈景润站在楼前向南张望,看见李尚杰走来,他迎下台阶,笑着招呼:"李书记。"

陈景润拘谨地笑着,带着李尚杰上楼,走到房门口,他停住了脚步,执意要李尚杰先进。

据李尚杰后来回忆:

> 房间果然很小,由于家具简单,显得还比较豁亮,长方形的烟囱从房间穿过,把本来就很狭小的空间切割成了刀把形。
>
> 地刚刚扫过,空气中还弥漫着淡淡的尘土的气味;木床上铺着崭新的蓝白格床单,床单铺得不太平整,长长的布丝还拖在地上。
>
> 因为事先知道有人要来,房间里显然仓促收拾了一下,床单也是新铺上的。

陈景润客气地请李尚杰坐下,可是屋里连一只矮凳都没有。陈景润便示意李尚杰坐在床上。

李尚杰答应着,在屋里走来走去,上下打量着这间小屋。

据李尚杰后来回忆：

　　房屋的角落里放着两只麻袋，一叠一叠的稿纸堆在里面，暖气片上放着一个饭盒。窗台上堆着一堆药瓶，还有两个竹壳的暖瓶……

李尚杰心里暗暗感叹，实在是不能再简陋了。

李尚杰还发现，窗子上钉着几条大木板，有好几块玻璃碎了，就用报纸和牛皮纸糊严，阳光一下被拒绝在窗外了。

李尚杰转过身对陈景润说："这木板钉在窗上，又暗，又不能随时开窗，应该拆了。玻璃碎了，糊纸怎么管用，夏天怕雨淋，冬天不挡风……"

陈景润连忙说："没关系，蛮好的，蛮好的，我已经习惯了。"

李尚杰说："晚上我去找办公室张主任商量一下，明天通知木工李师傅，给你换玻璃和窗纱，拆掉这些木板。对了，让张主任找人给你搬张桌子和凳子，你先用着。"

几天之后，在李尚杰的关照下，陈景润小屋里的条件明显改善了。

再见到李尚杰的时候，陈景润开始主动地打招呼，并且在"谢谢李书记"之前，加上"非常"两个字。

如今，一篇流光溢彩的惊天动地之作，就揣在陈景润的怀里。

这篇著作就是对哥德巴赫猜想 1＋2 的简化论证。

陈景润是在极其秘密的状态下，经过 6 年的刻苦攻关，才写出这篇长达 100 多页的论文。

此时，陈景润心里清楚，这篇论文不仅是他有生以来最重要的成就，也是新中国成立以来最重要的数学成就之一。

在世界数学界引起轰动

1973 年 4 月，中央开始起用邓小平，人们在滚滚寒流中，已经预感到春天的气息。

但是，陈景润并不完全了解当时的政治气候，他心中疑虑重重。

一天，陈景润在去医院的路上偶遇时任中科院数学所业务处处长的罗声雄。

罗声雄是湖北人，为人豪爽仗义，喜欢打抱不平。有一次，陈景润受人欺侮，周围的人都哈哈大笑。只有罗声雄为他出头，因此，罗声雄成了陈景润为数不多的朋友之一。

此时，陈景润小声地对罗声雄说："最近，我完成了对哥德巴赫猜想的证明，论文也写好了，你看怎么办？"

罗声雄脸上露出欣喜的笑容，但他还是有些不放心地问："论证过程有问题吗？"

陈景润充满信心地回答："绝对没问题。但是我担心没法发表，即使发表了又会挨批。"

罗声雄坚定地说："只要是真货，就不怕。"

陈景润是个十分谨慎的人，虽经罗声雄劝说，他还是把论文压在了箱子底下。

为了给陈景润打气，罗声雄和数学所的另一位业务干部乔立风，决定把事情直接反映到中国科学院。

很快，一份题为"数学所取得一项重要理论成果"的工作简报，就送到了中国科学院领导处。中国科学院副书记武衡看完这份简报后，顿感眼前一亮。

不久前，周恩来曾经借接见美籍物理学家杨振宁和数学家林家翘的机会，与中国科学院负责人谈话，他要求中科院在理论研究上要有所突破。

因此，武衡认为陈景润取得的这个成就，真是恰逢其时。

武衡立即赶到数学所。他当着数学所党委书记的面，十分尖锐地指出："单是陈景润有论文不敢拿出来的事，就应该向总理反映。"

这位书记说："陈景润的论文能不能发表，要经全体群众讨论通过！"

当时，派驻中国科学院的军代表负责人是一个将军，这个负责人知道陈景润的事情以后，沉着地告诉部下，尽量动员陈景润把论文拿出来。

陈景润十分谨慎。他经过仔细考虑，把这篇珍贵的论文交给他最信任的北京大学教授闵嗣鹤。

闵嗣鹤在北京大学开过"数论专门化"的研究生课程，培养了曾攻下哥德巴赫猜想 $1+4$ 的潘承洞等人，更重要的是，他为人正直而又忠厚，是德高望重的数学界前辈。

不少人后来都说："当时，闵嗣鹤先生的确是审定这一论文的最理想人选。"

不过，当时闵嗣鹤已经身患重病，他的心脏不好，体力十分衰弱，但他仍然带病审读陈景润的论文。

闵嗣鹤把陈景润的论文放在枕头下，他靠在床上，看一段，休息一会儿。

闵嗣鹤的态度十分认真，每一个步骤，他都亲自复核和演算。

3个月后，闵嗣鹤终于读完了陈景润的这篇论文。此时，他已是精疲力竭。

闵嗣鹤看到陈景润时，脸上露出满意的笑容。他十分风趣地对陈景润说："为了这篇论文，我至少活了3年。"

陈景润顿时热泪盈眶，他连声说："闵老师辛苦，谢谢闵老师。"

闵嗣鹤教授在审核完陈景润的论文不久，果然因病而不幸去世。

陈景润悲痛万分，他痛楚地对同事说："闵先生是个好人……"

数学所的王元和陈景润是同辈。王元在冲击哥德巴赫猜想过程中，证明过 3+4、2+3、1+4。

因此，他也独立审阅了陈景润的这篇论文。

王元后来回忆说：

因为这是个大结果，为了慎重起见，我就

叫陈景润从早晨到晚上给我讲了 3 天，有不懂的地方就在黑板上给我解释，讲完了，我确信这个证明是无误的……

于是，王元郑重地在"审查意见"上写下这样的结论：

未发现证明有错误。

同时，王元支持尽快发表陈景润的论文。

这就是著名的哥德巴赫猜想 1 + 2。

陈景润的这篇论文简洁、清晰，证明过程处处闪烁着令人惊叹的异彩。

世界数学界轰动了！

中国数学界的不少有识之士也都看到了陈景润这篇论文的真正意义：它是真正的无价之宝！

潘承洞后来说：

十年磨一剑。景润大概是 1962 年前后开始研究哥德巴赫猜想的，到他的著名论文正式发表，正好十年。

数论界一致公认这一成果在今后相当长的一段时期内，仍然是最好的。

这是景润研究工作的一个显著特点。他总

是精益求精，要做得比别人好，要尽可能地做得最好。

那些一直在密切关注陈景润攻克哥德巴赫猜想 1＋2 的外国科学家，看到陈景润的这篇论文以后，也都心悦诚服了。

世界著名的数学家哈贝斯特坦从香港大学得到陈景润论文的复印件，如获至宝，他立即将陈景润的 1＋2 写入他与黎切尔特合著的专著中。

在这本书的第十一章，也就是最后一章，哈贝斯特坦和黎切尔特决定以"陈氏定理"为标题。他们在文章开头深情地写道：

　　我们本章的目的是为了证明陈景润下面的惊人定理，我们是在前十章已付印时才注意到这一结果的；从筛法的任何方面来说，它都是光辉的顶点。

陈景润喋血跋涉的精神，感动了所有认识他的人。

华罗庚曾经培养了不少出类拔萃的学生，他一生严谨，从不轻易评价他的学生，但是，华罗庚在提到他的学生陈景润时，也压抑不住内心的激动，他说："我的学生的工作中，最使我感动的是 1＋2。"

美国著名的数学家阿·威尔在读了陈景润的一系列

论文以后，充满激情地评价：

> 陈景润的每一项工作，都好像是在喜马拉雅山山巅上行走。

后来，在中国科学院召开的全院大会上，武衡专门表彰了陈景润，说："我国年轻的数学工作者在数学的基础理论研究方面，做出了一项具有世界先进水平的成果……"

此时，坐在底下的新华社记者顾迈南，听到此处，她心中一动。

顾迈南是专门负责科技报道的。她立即询问身旁的一位局长，才知道这个取得成果的数学工作者叫陈景润。

这些有关陈景润的言论引起了顾迈南极大的兴趣。

第二天，顾迈南就到了数学所，接待她的那位负责人说："陈景润生命力很强，中关村医院来了几次病危通知单，说他快死啦，可他至今还活着。"

随后，顾迈南迅速写了两篇"新华社内参"，专门报道了陈景润。她在内参中高度赞扬了陈景润取得的成果，她还说："陈景润命在垂危，亟待抢救。"

三、受到中央表彰

- 陈景润说："哥德巴赫猜想是数论中的一个十分重要的问题，如果这个猜想得到证实，就会大大丰富人们对整数间相互关系的认识。"

- 陈景润目不转睛地凝视着周恩来，仿佛要把周恩来的形象牢牢地记在心里。

- 陈景润立即跨上一步，他激动地伸出双手，紧紧地握住邓小平的手。

毛泽东关心陈景润

顾迈南的两份内参引起中央对陈景润的关注。

中央领导看到顾迈南写的内参以后，要求科学院"写一份较为详细的摘要"，并将陈景润的论文一起送往中央。

1973年4月16日，数学所将有关材料备齐，20日送到中央有关部门。

在此期间，新华社发表了一条陈景润患严重腹膜结核，病情危险，急需抢救的消息。

在北京中南海菊香书屋里，毛泽东认真地阅读着关于陈景润的材料。

毛泽东崇尚科学，也十分尊重和爱护那些为国家作出重大贡献的科学家。

此刻，毛泽东毫不犹豫地在文件"要抢救"3个字上画了一个圆圈，并退给当时负责科研文教的姚文元办。

两篇内参迅速送达了国务院科教领导小组。

不久，顾迈南奉命走进陈景润的宿舍，她再次震惊了。顾迈南后来回忆说：

这是一间大约只有6平方米的小屋，靠墙放着一张单人床，床前放着一张三屉桌，桌上、床上到处堆着书籍、资料；窗台上、地上，放着破饭碗、药瓶子，碗里还有干了的酱油……

当时，有人解释说："为了节约生活费，陈景润平时不吃菜，只用酱油泡水喝。"

据武衡后来回忆：

一天半夜，已是 12 时多了，我接到电话，说是陈景润病危，毛主席批了应立即抢救。

可是，我前两天还见到他，并不像电话所说的那样严重，但也很难说，天有不测风云么，而且是毛主席亲自批的，怎能延误？

我当即乘车到中关村陈景润的宿舍看望。

大约两点多钟，我打开陈的房门，看到他正在稿纸上书写，进行数学研究呢。

陈景润不知我的来意，连忙表示是在听英语新闻广播，表示他关心政治，并非搞数学研究。他之所以如此惊恐，是因为对他"不问政治"的错误进行过严厉的批判，他曾表示今后不再搞业务了。他以为我是半夜来检查的。

当我说明来意后，请他随我去清华大学为他检查病情，他才释然。我们到清华大学时已是黎明，协和医院的结核病专家张孝骞教授已在那里等着了……

陈景润来到清华大学以后，几名专家立即对陈景润进行会诊。

会诊的结果是：陈景润患有慢性腹部结膜炎。

长期的伏案劳作，超负荷的科研攻关，加上严重缺乏营养，使得陈景润的健康状况很差。

数学所的人们都知道，陈景润穿衣服，整整要比别人提前一个季节。9 月，北京正值金秋，不少人还穿衬衫，而陈景润已经套上棉衣了。

经过这场冲击哥德巴赫猜想的苦战，陈景润更是疲惫不堪，极端怕冷，他的脸上时常浮起阵阵潮红，大概是病久了，也苦久了，陈景润丝毫没有把这些放在心上。

此时，依照毛泽东的指示，陈景润住院了。

陈景润心中对毛泽东充满感激之情，他想说："谢谢毛主席。"但是，他的喉咙里仿佛被什么东西哽住了。陈景润眼眶红了，泪水夺眶而出。

记者钟巨治曾经采访过陈景润，他在自己的回忆文章中这样写道：

> 当我们来到一幢宿舍前，陪同的同志用手一指，那就是陈景润。
>
> 我们看见一个穿着褪了色的蓝布长大衣，戴着帽子的瘦小男人正在宿舍门前徘徊。
>
> 当他听说我们是新华社记者，立即邀我们

上楼，到他屋里去坐一坐。

我们进了陈景润的小屋，见有一床一桌，床上铺着白床单，下面是一床棉絮做褥子。床旁有两个纸箱，大概是做存放衣服书籍之用。屋子虽然不大，但却显得整齐干净，也许是他知道这两天一定会有人来访，刻意收拾了一番。

陈景润刚开始和钟巨治谈话的时候，显得比较拘谨，当谈起哥德巴赫猜想时，他的话明显多了起来。

钟巨治问陈景润："景润同志，你为什么要研究哥德巴赫猜想？"

陈景润谦虚地笑了笑，说：

哥德巴赫猜想是数论中的一个十分重要的问题，如果这个猜想得到证实，就会大大丰富人们对整数间相互关系的认识，在理论上比较有意义。

至于它的实用价值，我也说不太好，反正美国的空军部海军部都用高薪聘请人来研究这个问题，想必有它重要的作用吧。

钟巨治又十分好奇地问："论证哥德巴赫猜想为什么这样困难呢？"

陈景润说：

乍一看哥德巴赫猜想是挺容易的，因为任何偶数均可表示为两个素数之和，一般不是搞数学研究的人也能计算出来，偶数就是双数，比如，2、4、6、8 等等，素数就是大于 1 的整数，除了 1 和它本身之外，它不能被任何整数除尽，如，2、3、5、7 等，那么，18 是个偶数，它是 7 和 11 两个素数之和，这是最简单的一个例证。

但是，偶数和素数是无穷无尽的，在 100 以内的素数还比较多，而 100 以外的素数就越来越少，这样只从少数小的偶数来验证还不难，但是到几千、几万，甚至几万亿的大偶数，就不那么简单了，它需要一些数学基础理论。

1974 年，周恩来南下广州，得知了陈景润的情况，他立即从广州给有关部门打电话，请陈景润当第四届人大代表。

这个消息顿时在中关村引起轰动，中关村几乎所有的人都注视着陈景润。

陈景润是否适宜当选第四届人大代表，外界为此争论得热火朝天，陈景润却始终泰然处之。

陈景润的兴趣在于科研，在于数学。但是，当他接到去参加全国四届人大的会议通知时，一种从未体验过的庄严之情油然而生。

第二天，陈景润很早就起床，整理好自己的行李，包括被子、脸盆、洗刷用具，一应全部带齐。

陈景润认为凡去开会，都是需要自己带生活用品的。

当陈景润带着他的全部装备出现在北京一家高级豪华宾馆面前的时候，负责接待的工作人员全都忍不住笑了，他们告诉陈景润：开会不必带行李。陈景润惊愕地瞪大了眼睛。

在此之前，陈景润从来没有上过宾馆。

1975年1月13日，正是万物复苏的季节，第四届全国人民代表大会第一次会议在北京人民大会堂隆重举行。

雄伟庄严的人民大会堂灯火辉煌。

周恩来登上主席台，向大会作政府工作报告。

这是陈景润第一次亲眼看到周恩来。

陈景润目不转睛地凝视着周恩来，仿佛要把周恩来的形象牢牢地记在心里。

会议期间，周恩来这样勉励陈景润："陈景润同志，你还要学好外文，将来我们国家总是要同英、美、日本等资本主义国家往来的。"

周恩来的话让陈景润深受鼓舞，他对周恩来充满了敬爱之情。

当陈景润得知周恩来身患重病的消息时，他心里难受极了。

后来，陈景润回忆说：

　　会上，得知周总理已患重病时，我悲恸地
哭了，几夜睡不着觉……

　　走出人民大会堂，陈景润的脚步更坚实有力了。
　　此后，陈景润逢人就说："总理让我学外文，党让我
搞科研。"

邓小平和陈景润握手

1975 年，主持中央日常工作的邓小平在全国范围内开始全面整顿工作。

此时，尽管陈景润已是声名远扬，多数人不得不赞叹他的战绩和刻苦攻关的精神，但他的生活条件并没有什么改变，仍然住在那间 6 平方米的小屋中，仍然过着苦行僧似的清苦生活。

虽然陈景润已经攻克哥德巴赫猜想 1 + 2，距离 1 + 1 只是一步之遥。

熟悉数论的人们都清楚，那好比是攀登珠穆朗玛峰，越是接近峰顶，便越是艰难，每跨出一步，都要付出沉重的代价。

陈景润原来用的改进后的筛法，已不适宜用来攻克 1 + 1，要夺取最后的胜利，必须另辟蹊径。

陈景润正沉浸在深深的思索之中。

陈景润为了从事研究，需要一个清静的环境，因此，他宁可一个人住在那间简陋的小屋里。

陈景润的住房问题，最后是由邓小平同志亲自抓才解决的。

邓小平是真正走近陈景润的党和国家的领导人。他一直关心着陈景润的各方面情况。当他得知陈景润的困难以后，就果断地下达了指示。

在邓小平的亲切关怀下，陈景润住进了四房二厅的居室，分居的爱人由昆也由武汉调入北京，李小凝当了陈景润的秘书。

来自中南海的春风，吹进陈景润的心里，也吹绿了神州大地。

祖国给予陈景润亲切的关怀，陈景润也以赤子之心真诚地爱恋着自己的祖国。

陈景润成了国际知名的大数学家，深受人们的敬重。但他总是把功劳都归于祖国和人民。为了维护祖国的利益，他甚至不惜牺牲个人的名利。

1977 年的一天，陈景润收到一封国外来信，是国际数学家联合会主席写给他的，邀请他出席国际数学家大会。

这次大会有 3000 人参加，参加大会的都是世界上著名的数学家。

大会共指定了 10 位数学家作学术报告，陈景润就是其中之一。这对一位数学家而言，是一种难得的殊荣，对提高陈景润在国际上的知名度大有好处。

陈景润收到信件以后，却没有擅作主张，而是立即向研究所党支部作了汇报，请求党的指示。

党支部把这一情况又上报到中国科学院。

中国科学院的党组织对这个问题比较慎重，因为当时中国在国际数学家联合会的席位，一直被台湾占据着。

中国科学院的领导对陈景润说："你是数学家，党组织尊重你个人的意见，你可以自己给他们回信。"

陈景润经过慎重考虑，最后决定放弃这次难得的机会。他在答复国际数学家联合会主席的信中写道：

> 我们国家历来是重视跟世界各国发展学术交流与友好关系的，我个人非常感谢国际数学家联合会主席的邀请。
>
> 世界上只有一个中国，唯一能代表中国广大人民利益的是中华人民共和国，台湾是中华人民共和国不可分割的一部分。因为目前台湾占据着国际数学家联合会我国的席位，所以我不能出席。
>
> 如果中国只有一个代表的话，我是可以考虑参加这次会议的。

为了维护祖国母亲的尊严，陈景润毫不犹豫地牺牲了个人的利益，表现出知识分子高尚的爱国精神。

陈景润乔迁新居以后，仍然像以往一样，终日伏案操劳。他仍然在数论之海中遨游，搏击风浪。他希望把哥德巴赫猜想中的 1＋2 研究得更为完美，要向那更为诱人的 1＋1 发起最后的冲击。

1978 年 3 月 18 日，全国科学大会在北京人民大会堂隆重开幕。陈景润应邀出席大会。

这次大会盛况空前。

陈景润第一次见到了邓小平时，他兴奋得像个孩子，目不转睛地注视着主席台上那熟悉的面孔，聚精会神地聆听邓小平在开幕式上的讲话。

陈景润在下面高兴得拼命鼓掌。他那张平日总是苍白的脸，此时变得绯红。他研究的经典数论中包括哥德巴赫猜想等一系列理论难题，得到邓小平的高度肯定，得到党和国家领导人的充分肯定，他感到十分高兴。

邓小平同志的报告结束以后，他特地接见了一批作出突出贡献的科学家，陈景润幸运地被列在其中。

邓小平健步向陈景润走来，他面带微笑，向陈景润伸出双手。

陈景润立即跨上一步，他激动地伸出双手，紧紧地握住邓小平的手。

邓小平亲切地嘱咐陈景润，要他注意身体健康。并且告诉身边的工作人员，要尽量给陈景润创造更好的工作条件。陈景润高兴地听着，脸上露出笑容。

这是科学大会上最动人的一幕。在场的许多科学家都被深深地感动了。

"我和邓小平同志握手啦！"陈景润当天就把喜讯告诉了数学所的所有同事。

成为亿万人民的榜样

1978 年，著名作家徐迟在《人民文学》上发表了著名的报告文学《哥德巴赫猜想》。这篇文章在全国引起极大的轰动。

20 世纪 70 年代末，在全国科学大会即将召开，科学的春天即将到来之际，《人民文学》编辑部的同志深受鼓舞，他们产生了这样一个想法：如果《人民文学》能在此时组织一篇反映科学领域的报告文学，读者一定爱看，同时也可以借此推动思想解放的大潮。

然而，写谁好呢？又请谁来写呢？

编辑们都在苦苦地思索着。

据时任《人民文学》常务副主编的周明后来回忆说：

突然间，我们想起了社会上流传的一个民间故事：有个外国代表团来华访问，提出要见中国的大数学家陈景润教授。我国有关方面千方百计寻找，终于在中科院数学所发现了这位数学家。然而同时，也传出他的许多不食人间烟火的"笑话"，人们说他是一个"科学怪人"。

编辑部的同志们商议之后一致认为，就写

受到中央表彰

陈景润!

至于作者，大家都不约而同地想到了著名作家徐迟。他虽是一位诗人，但写过不少通讯特写，特别是他比较熟悉知识分子，估计能写得很好……

几天后，徐迟风尘仆仆地从扬子江边带着滚滚的涛声赶来了。

周明接着回忆说：

一个艳阳高照的秋日里，我陪同徐迟到了北京西郊中关村的中科院数学研究所。

接待我们的是数学所党支部书记李尚杰同志。这是一位深受科学家爱戴的转业干部，陈景润对他更是百倍信赖，什么心里话都对他述说，李尚杰对陈景润也是倍加爱护和支持。这是很难得的。

老李动情地向我们讲述着"小陈"钻研科学的故事。

不一会儿，进来一个个头儿不高、面颊红扑扑、身着一套旧蓝制服的年轻人。

他就是陈景润，一个十分朴素的数学家。

李尚杰向陈景润说明我们的身份和来意后，我又特意向他介绍说：我们特约徐迟同志来采访，写一篇你如何攻克"哥德巴赫猜想"难关，登攀科学高峰事迹的报告文学，准备在《人民文学》上发表。

陈景润紧紧握住徐迟的手说："徐迟，噢，诗人，我中学时读过你的诗。哎呀，徐老，你可别写我，我没有什么好写的。你写写工农兵吧！写写老前辈科学家吧！"

徐迟笑了，告诉他说："我来看看你，不是写你，我是来写科学界的，来写四个现代化的，你放心好了。"

陈景润笑了，天真地说："那好，那好，我一定给你提供材料……"

为了写好这篇报告文学，徐迟进行了深入采访和大量调查研究。他反复斟酌，几番修改，终于完成了《哥德巴赫猜想》这篇杰出的报告文学。

很快，《人民文学》以醒目的标题，在头篇位置发表。《哥德巴赫猜想》一经问世，立即引起极其热烈的反响。各地报纸、广播电台纷纷全文转载和连续广播。包括党政军领导干部在内的全国各界读者，喜欢文学的和平时不太关心文学的，都找来一遍又一遍阅读，有的人甚至能够背诵出来。

一时间，《哥德巴赫猜想》飞扬神州大地，陈景润几乎家喻户晓，天天都有大量读者来信飞往中科院数学所……

陈景润开拓了数论研究中一个崭新的时代。他那瘦弱的身影，几乎凝聚了全世界所有数学家关注倾慕的目光。

陈景润为科学献身的精神在全国人民，尤其是青年一代中引起强烈的共鸣，陈景润因而走到人民的心中，成为一代人学习的楷模。

"学习陈景润，为实现四个现代化攀登科学高峰"，成为亿万青年的心声，它产生的激励和鼓舞作用，是不可估量的。

报纸、刊物也纷纷请陈景润写文章，青年报约请陈景润"与青年人谈理想"；体育刊物约请陈景润谈"做一个科学家要身体好"；省报约请陈景润"与青年同志们谈学习"……

小学请陈景润去做校外辅导员；中学请他去给中学生谈"怎样才能学好数学"……

还有全国各地寄给陈景润的信件等着他拆看，许多青年从外地赶来要面见陈景润，要跟他学数学，跟他探讨"哥德巴赫猜想"问题。

除了卓越的贡献外，陈景润最让人怀念与感动的是他的精神。

中国科学院院士崔俊芝说：

读过《哥德巴赫猜想》的人都熟悉这样一

种场景：在一个 6 平方米的小屋中，陈景润坐在小板凳上，把床当做书桌，完成了中国数学界最为重要的工作之一。

当他的事迹发表出来，几代人受到这种精神的感召，立志向数学、向科学的高峰进军。

中国科学院院士马志明说：

"陈景润对我们这一代人的影响非常之大，我们当时对他的崇拜比现在的追星族还深刻。"

国家杰出青年科学基金获得者、数学家王友德说：

"我是一个农民的孩子，不知道哪个大学的数学好，只知道陈景润是厦门大学毕业的，我就报了厦门大学。"

中科院数学所所长周向宇到数学所做研究生时，陈景润已经生病了，当时考托福出国的风气影响很大，他看到陈景润在盛名之下，依然带病工作、继续努力，明白做数学还有许多可以努力的方向，就没有报考托福。

安徽省合肥市小学生段铮一在《读陈景润治学三字经有感》这篇作文中写道：

陈景润说学习要有"三心"：一是信心，二是决心，三是恒心。

没错。学习必须要有这"三心"。

信心，是做好每件事最不可缺少的部分，我们要时刻对自己说，我能行，我能成功。千万不要小看自己，不要自卑，要提高我们的信心，才能做好每件事；

决心，是进入成功大门的第二门坎，心中有了目标，就要下决心去完成。只要有了决心，成功就不会离我们太远了；

恒心，是成功大门的第三门坎，也是最关键的一步。坚持就是胜利，持之以恒，以长久不变的意志坚持去做好每件事情。

俗话说："骐骥一跃，不能十步；驽马十驾，功在不舍。锲而舍之，朽木不折；锲而不舍，金石可镂。"

要做好事情，就必须得具有信心、决心、恒心。

在陈景润精神的鼓舞下，中国的科学家以令世人刮目相看的崭新姿态，出现在全世界人民面前。

陈景润为中国赢得了巨大的荣誉，他是炎黄子孙的骄傲。

但是，成功以后的陈景润，依旧保持着平和的心态，他把鲜花和荣誉看得十分平淡。

陈景润对别人说：

在科学的道路上，我只是翻过了一个小山包，真正的高峰还没有攀上去，还要继续努力。

此时的陈景润，和从前相比，在他身上似乎并没有发生太大的变化。

陈景润仍然穿着已经褪色的蓝大褂，看到同事，他仍是闪在一旁，率先问好，或表示谢意。

陈景润仍然节俭得让人感动。唯一奢侈的是，不忘记在竹壳热水瓶中放下几把最便宜的参须。

荣获国家自然科学奖

每逢数学所、中科院评先、评奖，陈景润总是坐在一个偏僻的角落里，默不作声，听到有人提到他的名字，他立即站起来，给这个人敬个礼，连声地说："谢谢，谢谢！我就免了，免了……"说完，他真诚地看着大家，目光里流露出恳求之情。

陈景润有时也会开开玩笑。

第二届国家自然科学奖进行评奖的时候，人们把我国数学界有特殊贡献的陈景润、王元、潘承洞，还有杨乐和张广厚都提上去了。

陈景润笑着："还有维诺格拉多夫！"引起了大家一片笑声。

不久，在第二届国家自然科学奖的颁奖大会上，陈景润和王元、潘承洞一起荣获一等奖。

国家自然科学奖的候选人应当是每项重大科学发现的主要论文或者专著的主要作者，并具备下列条件之一：

提出总体学术思想、研究方案；

发现重要科学现象、特性和规律，并阐明科学理论和学说；

提出研究方法和手段，解决关键性学术疑

难问题或者实验技术难点，以及对重要基础数据进行系统收集和综合分析。

能够获得国家自然科学奖一等奖，对于一个科学工作者来说，是一种无上的光荣。祖国和人民给了陈景润巨大的荣誉。

获奖之后，陈景润仍然每天出没在图书馆。

出于好奇的人们，看了徐迟的报告文学后，特地到数学所来看他，尤其是记者，更是络绎不绝，真亏了好心书记李尚杰，为了不至于过分干扰陈景润，能挡驾的他尽量挡了。

有时，李尚杰实在没有办法，只好让人们去看陈景润那间"刀把形"的房间。一架单人床，四片暖气片，靠墙一张小方桌，屋子里，最多的是铺天盖地的草稿纸……

陈景润的全部心思，仍然扑在哥德巴赫猜想上，那令人朝思暮想的数论皇冠上的明珠，哥德巴赫猜想中的 1 ＋ 1，恰似珠穆朗玛峰巅，时时都在呼唤他。

陈景润一直盼望能亲手攻克 1 ＋ 1，完成几代数学家的夙愿。

陈景润仿佛有一种预感，时间对于他，实在是太珍贵了。他仍是那么匆忙，走路时，低着头，急急地赶路。他的生活仍是像以前一样简朴。几个馒头，一点咸菜，便可以了却一餐。

当名人并非易事。各种应酬往往应接不暇，能够推辞的，陈景润总是尽量地推辞，但有一件事情，陈景润是很乐意前往的，就是给北京的中小学生开讲座。

陈景润喜欢孩子们的天真、纯洁，更寄希望于他们。

只要时间允许，陈景润一定应约。他的讲座是很认真的，他既讲数学，也讲祖国对青少年的期望。

他平时不善言辞，但是一到孩子们中间，他就变得年轻活泼，说话也朗朗上口，北京的不少学生和老师都很喜爱陈景润，他们认为陈景润一点也不怪，一点也不傻，说的话还句句在理。

1981 年 4 月，陈景润回到久别的母校厦门大学，参加厦大建校 60 周年校庆。他和老同学林群同居一室。

林群后来深情地回忆起这段难忘的日子，他说：

> 陈景润睡得很少，每天晚上，大约十二点钟以后，才能入睡。
>
> 令我惊奇的是，他入睡很快。有时鞋没脱，衣服也不脱，就躺下了。不久，就传来了轻轻的鼾声。
>
> 到凌晨三点，他就醒了，他怕影响我休息，动作很轻，然后，轻手轻脚地到会客厅，打开灯，开始伏案工作。
>
> 我睡意浅，醒了，问他："你去干什么？"
>
> 陈景润见惊醒了我，十分过意不去，连忙

道歉，说道："真对不起，对不起，我去干一会儿活。"说完，便走出门去……

林群说："事后，陈景润告诉我，他一直在做冲击哥德巴赫猜想 1＋1 的'搭梯子'工作。"

私下里，陈景润也曾叹息着对林群说："原来用于攻克 1＋2 的'筛法'已经不适宜用于攻克 1＋1 了，必须另外找一条路，路在何方呢？可能根本没有路，只有搭梯子才能爬上去。"

在聚会期间，陈景润越来越强烈地感受到生命之旅的短促。

1966 年，陈景润最初攻下哥德巴赫猜想 1＋2，到 1973 年进一步完善它，共花去 8 年。

从 1973 年到现在，陈景润对自己的这项结果作了很有意义的改进，将最小素数从原有的 80 推进到 16，受到国内外同行学者的高度赞扬，并在数论的其他领域作出了宝贵的贡献。

然而，陈景润的攻克 1＋1 的夙愿，仍然没有实现。陈景润对此深感焦虑。

经历过无数个不眠之夜之后，陈景润依旧没有获得重大突破。

陈景润期待自己能够亲手摘下数学皇冠上的明珠，为祖国争光，为中国人争气。

陈景润渐渐意识到时间的宝贵，不禁心急如焚，他恨不得把一天当做两天用。

陈景润的儿子欢欢说：

每天，我爸爸总是很晚很晚了还不睡觉，问他忙什么，他说，做作业。也就是做数学题。他经常做到第二天三四点钟还不睡觉。

有一回，我妈妈生气了，和爸爸吵了起来，爸爸才磨磨蹭蹭地去睡觉……

在美国进行科学研究

1979 年 1 月，北京国际机场。

正是严冬，树叶落尽了。挺拔伟岸的桦树，默默地酝酿着春天的抒情诗。雪，纷纷扬扬地下着，漫天一片柔和的洁白。

候机室还是暖和的。值班的边防武警正在一丝不苟地检查出国人员的证件。

"你，你是陈景润?"边防武警有些吃惊地打量着站在他面前的陌生旅客：他外面套着一件破旧的蓝色大衣，里面却是崭新的笔挺的西装。头上戴着护耳的旧棉帽，而脚下的皮鞋，却铮亮照人。陈景润的衣着打扮，实在是太不协调了。

"对，我是陈景润。"陈景润脸上浮现谦恭的笑意，忙向边防武警解释。

威严的武警笑了，他很有礼貌地点了点头，放陈景润过关。

陈景润是应美国新泽西州普林斯顿高等研究院院长沃尔夫博士的盛情邀请，首次出访美国。

陈景润从来都没穿过西装，这一回出国，经过领导说服，才穿上时髦的礼服。他不会系领带，开始也不系，经同行人员的解释，才终于让人替他打上领带。

与陈景润同行的还有我国著名的数学家吴文俊夫妇和翻译朱世学同志。

临出门前，天就飘雪了，陈景润怕冷，于是，他就在西装外面套了他的那件宝贝棉衣，头上戴了那顶护耳棉帽，弄得颇为滑稽。

第一次走出国门，一切是那么新鲜，那么令人兴奋！

多情的美国朋友密切关注着中国的变化，他们伸出手臂，热情地拥抱来自神秘东方的数学家们，陈景润在哥德巴赫猜想攻关方面的杰出贡献，更是令他们赞叹不已。

美国朋友特地在普林斯顿给陈景润安排了一套三室一厅的住房，里面铺着灰色的地毯，简朴，大方。透过宽敞明亮的玻璃大窗，一眼就可以看到一片绿漾漾的针叶林。

陈景润是应邀到这里来从事研究的，没有教学任务。然而，他的到来，仍是引起了不少轰动。

美国的《纽约时报》很快刊登了陈景润到美国的消息，并登了一幅他的照片。

普林斯顿大学立即邀请陈景润去作学术报告。

第一次走上国际学术讲台的陈景润，一身整洁的西装，头发新理过了，稍微地烫了烫，领带是同行的朱世学替他系上的，皮鞋也是新擦过的，显得容光焕发，风度翩翩。

闻讯而来的学者、专家把教室挤得水泄不通。不少人是看到报纸上刊登的消息后，驾车从上百公里以外的地方专程赶来的。

陈景润用英语讲演，游刃有余，侃侃而谈。他那精深博识的谈吐，使所有的到会者如痴如醉。前来听他演讲的美国人没有一个人提早退场，他们用最热烈的掌声表示崇高的敬意。

演讲十分成功。陈景润在美国的工作，主要是从事研究。

这里藏书极为丰富，几乎汇集了来自世界各地的数学研究的资料、信息，通晓英语的陈景润发现遍地皆是珍奇，他恨不得把每一分钟的时间都留住，用于学习和研究。

美国风光，诱惑着多少为之神往的人们，而到了美国的陈景润，什么地方都不去游玩，整天就是泡在书房、办公室、图书馆中。

为了节省时间，陈景润通常只是喝牛奶、煮面条再加上鸡蛋。简单，快捷，而又营养丰富。

从驻地乘半个小时的车，就是超级市场，有班车前往。陈景润买了一大桶的牛奶，整箱面条，还有鸡蛋，几乎成天吃他的"陈氏传统饭"。

陈景润一忙起来，就忘了仪表打扮。西装是常穿的，但往往不系领带，他嫌系领带麻烦。皮鞋很久没擦了，他不擦，也不让别人轻易给他擦。

随行的朱世学时时照顾陈景润，陈景润却害怕耽误时间，往往极礼貌地鞠个躬，说声："谢谢老朱！谢谢老朱！"转身就走，生怕被老朱抓住整理仪容。

陈景润身在异国，懂得要保持中国人的尊严，那件破棉衣从来不穿，旧棉帽也藏起来了。

在普林斯顿，陈景润依旧按照老习惯，每天定时要听收音机，收听英语广播，几十年如一日，雷打不动。

普林斯顿研究所的条件非常好，陈景润为了充分利用这样好的条件，挤出一切可以节省的时间，拼命工作，连中午饭也不回住处去吃。

在美国，陈景润依旧保持着在国内时的节俭作风。他每个月从研究所可获得 2000 美金的报酬，可以说是比较丰厚的了。

但是，每天中午，他从不去研究所的餐厅就餐，那里比较讲究，他完全可以享受一下的，但他都是吃自己带去的干粮和水果。

有时候，陈景润外出参加会议，旅馆里比较嘈杂，他便躲进卫生间里，继续进行研究工作。

在美国短短的 4 个多月里，除了开会、讲学之外，陈景润还完成了论文《算术级数中的最小素数》，一下子把最小素数从原来的 80 推进到 16。

这一研究成果，是当时世界上最先进的，受到许多美国数学家的好评。

很快，有人上门来找陈景润，希望能在美国发表他的论文，陈景润却十分认真地说："谢谢，谢谢。我是中国人，那里有发表的园地。"

来人走后，陈景润十分仔细地把自己的论文包好，在上面端端正正地写下"中华人民共和国"几个大字，然后把它投到邮局。

有一次，一个美国人让陈景润谈谈他对美国的看法。

陈景润稍加思考，很有礼貌地回答："美国是目前世界上科学技术最先进的国家。它有很多值得我们学习的地方。"

这个美国人满意地点点头，然后趁机劝说陈景润："美国有世界上第一流的科研条件，有科学家成长的最好土壤。如果先生愿意的话，您可以留在美国工作。"

陈景润沉默了，他感到自己的尊严受到了亵渎，但他没有发火，只是十分坚定地回答："我是一个中国人，我是中华人民共和国全国人民代表大会的代表，我的祖国正在进行轰轰烈烈的社会主义建设，我决心为祖国实现四个现代化贡献力量。"

陈景润去美国，国内有人谣传，美国条件那么好，陈景润肯定不回来了。

其实，陈景润在美国期间，他无时无刻不在思念着自己的祖国，思念自己的家乡，还有自己的亲人。

陈景润一直认为，美国虽然拥有先进的科学技术，还有高度发达的经济，但它毕竟是异国他乡，他在美国只是一个过客。他这个游子只有回到祖国母亲的怀抱，才会得到真正的幸福。

这位数学家是祖国忠诚的赤子。在新泽西州普林斯顿高等研究院研究了4个月之后，就飞回北京。

在美国生活4个月，除去房租、水电花去1800美元外，陈景润的伙食费仅花了700美元。

陈景润回国时，共节余7500美元。

这是一笔巨款。许多人都认为陈景润会把它留给自己，陈景润却主动把这笔钱全部上交给国家。他十分诚恳地说："我们的国家还不富裕，我不能只想着自己享乐。"

在病中的顽强追求

1984 年，一位美国数学家到中国访问，主动要求拜访陈景润。陈景润在数学所接待了他。

当时，盛传苏联人已经攻克了哥德巴赫猜想的 $1+1$，陈景润得知这一消息，很是伤感。

座谈中，谈及这个问题时，美国数学家告诉陈景润：这是误传。

这位美国客人礼貌而谦恭地解释说："这是不可能的，世界上如果能算出 $1+1$ 的，第一个应当是你。"

后来，经过有关部门核实，这一消息确系误传，陈景润的心情这才稍稍平静了一些。

陈景润证明 $1+2$ 以后，世界上许多著名的数学家，都把前进的标尺定在 $1+1$ 上。

已在这一领域中遥遥领先的陈景润，自然希望能够继续攻克 $1+1$，为祖国争光。

其实，从 70 年代初期开始，陈景润就横下一条心，要尽全力拼搏，争取为这场攻克哥德巴赫猜想的跨世纪之战，画上一个圆满的句号。

陈景润时时关注着世界数学界的动态。

陈景润知道强手如林，世界如此之大，不知道哪一天会从一个并不出名的地方，突然杀出一匹黑马，令所有的数学大家们都目瞪口呆，利索地把皇冠上最璀璨的明珠摘走。

正因为如此，陈景润知道自己必须赶快做，只有这样，才有希望抢在外国人的前面摘取数学皇冠上的明珠，才能够为祖国争光……

可是，转眼十多年过去了，陈景润度过了三千多个废寝忘食的日日夜夜，却依旧没能实现自己的心愿。他回首往昔，自然十分伤感。

正在这时，命运之神又无情地给了陈景润一个沉重的打击。

1984年4月27日，陈景润上街去魏公村一家书店寻找近期的有关资料。

大街上熙熙攘攘，广告林立，令人眼花缭乱。陈景润却无心去浏览身边的街景。他低着头，一边走路，一边思考。

一个小伙子骑着一辆自行车，从远处疾驰而来。他太自信自己的骑术了，以至于没有把手按在紧急刹车把上。当他看到前面有人时，已经来不及刹车了。

只听"啊——"的一声惨叫，一个衣着朴素、戴着眼镜的中年人，已经倒在这个小伙子的车前。

车轮还在旋转。被撞倒的人却完全昏过去了。

这个小伙子意识到自己闯了大祸，吓得双手颤抖起来，他急忙去扶被他撞倒的人。

这个被撞倒的人，就是陈景润。

此时，陈景润身受重伤，他后脑勺着地，头上有血，隆起一片肿块，脸色苍白。

"你是谁，什么单位的?"小伙子语无伦次地问陈景润。

陈景润无力地说："我是……陈……景……润。"

陈景润刚说完这句话，就又昏了过去。

小伙子惊呆了。

陈景润被送到医院时，头上冒虚汗，处于半昏迷状态之中。经医生初步确诊：后脑严重撞伤、严重的脑震荡。

陈景润被撞伤的消息，很快就传遍了中关村，传遍了北京城。

成千上万的人都在为陈景润的健康和生命忧虑，为我国著名的数学家遭此意外而感到悲伤。慰问信、慰问电话像雪片一样飞向中关村。

这次车祸，是对陈景润的健康一次致命性的损伤。陈景润的大脑受到严重的损伤。

但陈景润并没有被这次打击击垮，他用顽强乐观的精神与命运之神进行殊死的搏斗。

在医院里，陈景润有时会哼唱《小草》这首歌曲，歌中深情地唱道：

　　　　没有花香，

　　　　没有树高，

我是一棵无人知道的小草。

从不寂寞，从不烦恼，

你看我的伙伴遍及天涯海角。

春风啊春风你把我吹绿，

阳光啊阳光你把我拥抱，

河流啊山川你哺育了我，

大地啊母亲把我紧紧拥抱。

……

《小草》这首歌曲是战士在战场上最爱传唱的歌曲，病中的陈景润也用这首歌曲鼓舞自己。

经过一段时间治疗，陈景润出院了。他本来就多病的身体，经受这次严重损伤，犹如雪上加霜，显得更瘦弱了。但陈景润的眼睛里，依然闪烁着坚毅的光芒。

身体本来就不大好的陈景润，受到了几乎致命的创伤。他从医院里出来，苍白的脸上，泛着让人担心的青灰色……

这年夏天，一位德国的数学家访问中国，他慕名找到陈景润。

陈景润的英语水平很高，不必借助翻译，他和这个外国数学家谈得十分投机。

当这位德国数学家和陈景润谈到攻克哥德巴赫猜想问题时，陈景润哭了，而且哭得很伤心。

来访的外国朋友并不感到突然和意外，只是静静地坐在一旁，他十分理解陈景润此时的心情。

陈景润的助手李小凝也端坐一旁。这是他第一次看到陈景润流眼泪，听到陈景润那令人心碎的哭声。

此后，陈景润仍然一如既往，匆匆地走进数学所那被称为"二层半"的资料室，他坐的位置是固定的，靠窗桌子前的第一个位子，即使他没有来，人们也很少去坐。只是人们已经深深了解他的习惯，一钻进资料堆中，就舍不得出来。每到下班时分，值班的同志都要细心地去搜寻一遍，以免重演把陈景润反锁进资料室中过夜的事情。

陈景润在加快速度，他用自己生命的最后力量，顽强地在科学的险峰上攀登着……

1985 年后，陈景润的身体状况已经非常不好。经医生检查，陈景润身患帕金森氏综合征。

此时，陈景润全身僵直，手脚颤抖，吞咽困难，只有头脑还是很清醒。

陈景润并没有因为身患恶疾而停止工作。他时常靠在病床上，指导他的学生，或者用生命的余力，思虑着数学中的问题。

病魔无情地折磨着陈景润，但只要一到孩子们中间，他就感到充满着活力。

陈景润在刻苦钻研的同时，还对祖国的下一代寄予厚望。他希望这些孩子将来能够实现他此生无法实现的心愿。

陈景润的时间十分宝贵，无法满足更多学校的要求，于是，他开始挤出时间撰写适合青少年阅读的有关数学的科普读物，他希望更多的孩子热爱数学、了解数学，成为中国数学界的接班人。

陈景润经过艰苦的劳动，终于写出 4 本书。

这 4 本书的选题和内容，显然是经过深思熟虑和精心安排的。其中第一本就是《哥德巴赫猜想》。

这本书，是陈景润花费了无数个不眠之夜，才终于完成的。在它上面，凝聚着陈景润的心血和希望。

当年，陈景润是听到沈元教授介绍哥德巴赫猜想，才萌生了献身数学的伟大志向。如今，陈景润同样在播种，他把满腔的希望播撒在亿万青少年的心中。

陈景润决心让祖国的下一代了解更多的数学知识，因此，他在写这本书时，一直十分谨慎，尽量避免使用让人费解的专业术语。

在这本书中，陈景润用深入浅出的语言，把哥德巴赫猜想这个世界性的数学难题，勾画得栩栩如生。

对于冲击 1＋1 的问题，陈景润尽量用通俗的语言作出解释，他在书中意味深长地说：

愈逼近极限，难度愈大。

虽然全世界许多数学家都在努力摘取这项桂冠，但用传统的数学方法证明（1＋1）已行不通，关键要找到一种全新的方法，这就好比用肉眼无法观测外星球，用电子望远镜才可能办到。可是，至今尚未有人找到类似电子望远镜的新手段……

此时，陈景润已经深深地感受到，攻克这最后的难关，不仅需要他继续拼搏，更需要有亿万的后来者去冲锋陷阵。因此，他通过自己写的书，把热爱数学、勇于探索的种子播撒在无数青少年的心田里。

陈景润相信，总有一天，他付出的心血会带来丰硕的成果。

人民永远怀念陈景润

1996 年 3 月 19 日下午 13 时 10 分，陈景润溘然去世。

中国数学界的一颗巨星陨落了。

在生命的后期，陈景润身上的肌肉开始萎缩，他的眼睛无法睁开，需要经过很长时间的按摩，才能勉强地睁开一点。

就是在如此艰难的情况下，陈景润的手上，还是紧紧地握着一本数学书籍，他还是不肯放弃最后冲击哥德巴赫猜想顶峰 1＋1 的拼搏，就像战士至死也不肯放下手中的钢枪一样。

王元看到陈景润一边和病魔拼搏，一边仍然在为攻克哥德巴赫猜想而奋斗不息，不禁深受感动。他十分担心陈景润的身体，就劝说陈景润："你就放弃哥德巴赫猜想吧，你所取得的成就，至少在本世纪是无人能望其项背！"

陈景润摇了摇头，缓慢而坚决地回答："不！"

如今，陈景润带着未能彻底攻克哥德巴赫猜想的深深遗憾，离开了人世……

潘承洞后来回忆说：

3 月 19 日晚，王元同志电告我这一噩耗时，我感到十分地悲痛与震惊。新中国自己培养的一代青年、中年知识分子最杰出的代表永远地离开我们了……

中科院系统研究所研究员林群最了解陈景润，他们同是福州人，又同在厦门大学读书，毕业后又先后来到中科院数学所工作。

林群后来深情地回忆说：

　　当时，我们同住一个单身宿舍，我每天夜间起床小解时，都会看到陈景润坐在门厅的地上，上身靠墙，在那里算着。

　　如果哪天夜里看不到，一定是他住进了医院。

林群说："景润不善交际，要说他有朋友，我就是屈指可数的一个。"

接着，林群又回忆起一些陈景润刻苦钻研的往事，他说：

　　60 年代初，我和陈景润一起住中科院数学所集体宿舍。那时的陈景润就是个多病的病号。他和另外几个人住的是病号房。

院里规定，病号房必须晚上 22 时熄灯。但当时 20 多岁的陈景润总在 22 时过后独自悄悄走出病号房，一手拿纸和笔，一手提瓶热水，到楼内厕所隔壁的洗手间，旁若无人地席地而坐，埋头计算题目，通宵达旦是常有事。

有一次，他突然消失了 7 天 7 夜！

在我的印象中，他一天只睡三四个小时，长年累月怎么吃得消。

有一回，我问他："景润，你睡那点觉，还那么精神，可我常失眠，就怕缺觉，睡得比你多，精神没你足，这是怎么回事？"

陈景润想了想，很认真地回答我："失眠说明不缺觉，应该起来工作。"

80 年代的陈景润，已是大红大紫，环境变了，可他还是"执迷不悟"。

那年，我和陈景润一起去厦门出差，住的是宾馆。

晚上 23 时，陈景润就要睡觉了。我很奇怪，景润也开始保养身体了？

没想到，后半夜 2 时，他摇醒我，问："我现在工作影响你吗？"不问也罢，这一摇，我又失眠了……

中国科学报的《院士心迹》专栏介绍的第一个院士

就是林群。

在"你最敬佩的人是谁?"一栏中,林群说:"当时,我毫不犹豫地写上了陈景润,因为在我接触的人中,还没有看到一个比他更有毅力。"

中国科学院数学研究所的同志充满感情地说:

在数学王国里,陈景润是一位思维清晰、逻辑严谨、勤奋至极的耕耘者。对数学的如醉如痴,使他很少与别人交往,言行难免有不为人理解或者不合时宜之处。这便有了关于他的怪僻的不少传闻。其实,在日常生活中,他是一个朴素正直、谦虚谨慎、受人尊敬的人。

陈景润的谦虚谨慎,深为学界称道。他一生取得多项重要成果,发表 50 多篇论文、4 本著作,但他从来没有说过自己的工作达到了多高的水平,从来没有去争什么奖项……

陈景润的妻子由昆说:

1 + 1 的外围工作,先生一直都在做,其实说实在的,他特别想这个题在他的手里做出来。

如果给他 10 年,或者是时间更长一点,当然很难,因为在他走后这么多年世界各国的数学家也都在做,但是他也最遗憾的是对这个,没有做出来就走了。

如果做出来再走的话，我想他会轻轻松松地走。

他当时走的时候，应该说他特别特别不情愿，他的眼睛一直是半睁着，最后还是我给他抹下去的。

陈景润的不幸去世，牵动了很多人的心。

有关部门按照副部长级的待遇，安排陈景润的丧事。

人们把最美的鲜花送给陈景润。有人在文章中饱含深情地写道：

我们把一束洁白的玫瑰捧到陈景润的遗像前，63朵白玫瑰，用以缅怀他63年全力以赴的生命。

照片安放在陈家的客厅，小小的客厅已经被布置成灵堂。

前来慰问和悼念的人络绎不绝，有老领导，有陈景润多年的中科院数学所的同事，有刚刚从福建老家赶来的他的亲人，还有许多敬仰他的晚辈。

窗外春雨绵绵，遗像中的陈景润微笑着面对大家，此刻，他可以安息了……

李尚杰深情地回忆起这样一件事情：

1991 年，北京电视台"祝你成功"节目组采访陈景润一家，当时我在拍摄现场。

记者问陈景润："您的人生目的是什么？"

陈景润想了想，说："人生的目的是奉献，而不是索取！"

李尚杰充满感情地说："奇特的陈景润走完了他辉煌的一生，他虽然没有享受什么荣华富贵，也未曾尝遍山珍海味，但他的英名永在，那是用金字镌刻在数学史上的。他为共和国争得的国际领先地位已保持 30 年了，那是无形的丰碑，将永远矗立在人民的心中。"

王元与陈景润共事 40 年，他说："陈景润还作了许多很好的数学研究，哥德巴赫猜想 1＋2 的证明只是其中一个。"

王元还充满敬意地说：

陈景润值得我们学习的地方，第一条就是他对数学的热爱和追求、一心一意做数学的精神；第二条是他不爱名利，我与他同事几十年，在 10 多年的时间里，我的级别都比他高一个档次，我是副研究员，他是助理研究员，应该说，他做得并不比我差，他也绝对不会认为他的深度不如我，但他对这件事完全不在意。

记者宁可在《陈景润留给我们的财富》一文中深情地写道：

> 陈景润的一生，是摒弃物质享受，而呕心沥血地在艰辛的科学道路上跋涉的一生。
>
> 他的过早逝世，实在是因为他多年积劳成疾、为事业透支了生命的结果。
>
> 他是这个世界上距离哥德巴赫猜想这颗璀璨明珠最近的人。他走了，没能最终摘取这颗明珠，这实在令人扼腕痛惜。
>
> 但他以奋斗的一生为我们留下了一笔丰厚的精神财富，启迪我们对人生的意义和人生的追求进行审视和思考。

宁可还说："陈景润离开了我们，在他的身后，留下了对科学发展的杰出贡献，留下了作为一名中国人的光荣与自豪……"

对于陈景润的贡献，中国的数学家们有过这样一句表述：

> 陈景润是在挑战解析数论领域 250 年来全世界智力极限的总和。

陈景润以令全世界数学界折服的辉煌，论证了一个伟人的预言：

中国人民有自立于世界民族之林的能力。

陈景润用生命编织了昨日历史的辉煌，它牵起了今天的绚烂，明天的幽远，它流过无数炎黄子孙的心田，也流过祖国大地的春夏秋冬。

踏着陈景润脚印勇敢前进的，是一支浩浩荡荡的中国科学大军。

受到中央表彰

本书主要参考资料

《国史全鉴》本书编委会编 团结出版社

《共和国要事珍闻》郑毅 李冬梅 李梦主编 吉林文
    史出版社

《中国现代史资料选辑》彭明主编 中国人民大学出
    版社

《皇冠上的明珠》林玉树 周文斌著 四川人民出版社

《走近陈景润》旭翔选编 厦门大学出版社

《陈景润》沈世豪著 厦门大学出版社

《陈景润传》王丽丽 李小凝著 新华出版社

《科学发明故事》颜煦之主编 南京大学出版社

《中国科学家发明家的故事》李少元 赵北志主编 金
    盾出版社

《时代楷模》朱新民主编 人民日报出版社

《共和国的记忆》李庄主编 人民出版社

《光辉的榜样》本书编写组 中国文史出版社

《青年的榜样》中国青年出版社编辑 中国青年出
    版社